PRRA 코드, 유전자가 들려주는 코로나19 팬데믹의 진실

PRRA 코드, 유전자가 들려주는 코로나19 팬데믹의 진실

발행일 2025년 7월 7일

지은이 이민영
펴낸이 손형국
펴낸곳 (주)북랩
편집인 선일영　　편집 김현아, 배진용, 김다빈, 김부경
디자인 이현수, 김민하, 임진형, 안유경, 신혜림　　제작 박기성, 구성우, 이창영, 배상진
마케팅 김회란, 박진관
출판등록 2004. 12. 1(제2012-000051호)
주소 서울특별시 금천구 가산디지털 1로 168, 우림라이온스밸리 B동 B111호, B113~115호
홈페이지 www.book.co.kr
전화번호 (02)2026-5777　　팩스 (02)3159-9637

ISBN 979-11-7224-712-6 03810(종이책)　　979-11-7224-713-3 05810 (전자책)

이민영 SF 장편 소설
PRRA 코드,
유전자가 들려주는
코로나19
팬데믹의 진실
북랩

일러 두기

저자는 이 소설에서 코로나 바이러스 감염증 19(이하 '코로나19') 팬데믹의 고통스러웠던 여정을 기후 변화 위기 및 전 세계적으로 급격히 심화하는 인구 문제와 정교하게 엮어내었다.

저자는 광활한 인터넷뿐 아니라 신뢰할 수 있는 보고서의 과학적 데이터와 정보로 이야기를 풍부하게 만들었다. 그리고 권위 있는 과학 저널의 많은 논문과 언론 기사, 전 세계 보건 기관의 보고서를 인용하여 작품에 현실성과 신뢰성을 더했다.

독성학 박사 학위를 가진 저자는 NCTR/FDA, P&G, 여러 제약 회사 등 다양한 조직에서 신약 개발에 기여하며 폭 넓은 경력을 쌓아왔다. 저자의 학문적 여정에는 고려대학교 생명과학부에서 6년간 겸임교수로 재직했던 경험도 포함되어 있다.

그는 영어판 『*Well-being and Well-dying, Cancel the Cancer*』와 중

국어 번역판 『無癌人生』의 단독 저자로 글로벌 바이오 제약 산업적인 경험뿐만 아니라 학문적인 면에서도 그 높은 수준을 보여 주고 있다.

코로나19 팬데믹 기간 동안 많은 고통을 받은 사람들을 위해 복잡한 바이러스와 백신에 대한 과학 개념을 이해하기 쉽게 풀어내고자 저자는 『PRRA 코드, 유전자가 들려주는 코로나 19 팬데믹의 진실』를 집필했다. 이 작품은 일반인들이 코로나19 바이러스, 백신의 특성 그리고 그 배경에 깔린 과학적 내용을 이해할 수 있도록 돕는 것을 목표로 한다. 이러한 중요한 주제를 조명함으로써, 저자는 사람들이 자신의 건강을 위해 백신 접종을 더 효과적으로 관리할 수 있는 지적인 능력을 실어 주고자 하는 것이다.

제목 속 'PRRA' 코드란 프로린Proline, P, 아르지닌Arginine, R, 아르지닌Arginine, R, 알라닌Alanine, A이라는 4개로 연결되는 아미노산 코드를 말한다. 이 아미노산들은 각각 DNA 핵산 암호인 CCT(프로린), CGG(아르지닌), GCA(알라닌)에 해당한다(C=사이토신, G=구아닌, A=아데닌, T=티민).

차례

프롤로그

2019년 말 어느 저녁, 중국 우한에서 발생했다는 심각한 호흡기 증상을 유발하는 정체불명의 질병에 대한 뉴스 보도가 나오기 시작했다.

텔레비전 방송에서는 병원 집중 치료실에서 생명 유지 보조 장치에 의존하며 숨을 쉬기 위해 고군분투하는 환자들의 모습이 담긴 영상을 보여주었다. 보도에 따르면 이 질병은 전염성이 매우 강하며, 감염된 사람들은 며칠 만에 중증으로 진행된다고 전했다. 우한으로부터 날아온 불길한 뉴스 영상은 신종 바이러스 감염에 대한 전 세계적인 우려와 공포를 촉발시켰다.

그리고 신종 바이러스 감염 시작에 대한 의문점이 여러 가지로 떠올랐다. 이 바이러스는 도대체 어떤 종류의 바이러스인가? 어떻게 감염이 시작되었는가? 이는 동물에서 인간으로 전염된 인수공통감염 바이러스일까? 가까운 사람들 간에 호흡이나 비말 혹은 피부접촉 등을 통해 전파가 될까? 기류를 타고 대륙 간에 빠르게 퍼질 수 있는 공기매개 바이러스일까? 신종 바이러스의 형태와 전파 방식에 대한 불확실성은 불안을 더욱 부채질하며 전 세계적인 경종을 일으켰다.

알 수 없는 어떤 주체가 군사적인 목적으로 비밀스러운 실험실에서 이전의 어떤 바이러스보다도 더 치명적이고 특이한 새로운 바이러스를 만들어 낸 것은 아닐까? 혹은 어떤 제약 연구소가 오랫동안 질병 치료를 위해 개발해 온 바이러스 집합체 중 하나가 사고로 인해 연구소에서 누출이 된 것일까? 떠도는 어떤 소문처럼 미국 NIH와 중국 우한 바이러스연구소 간의 비밀스러운 협업이 미국과 중국 기술의 결합으로 이 신종 바이러스를 탄생시킨 것일까? 또는 어느 연구소의 어딘가에서, 야망에 사로잡힌 한 연구자가 감히 신을 흉내 내며 비밀리에 바이러스를 만들어 낸 것일까?

만약 신종 바이러스가 유전자 조작으로 만들어진 것이라면, 이 위험한 게임의 참가자들은 세계를 황폐화시킬 무기화된 병원체의 잠재력을 고려했을지도 모른다. 아마도 이들은 생물학이 총알 대신 궁극적인 무기가 될 미래를 준비하고 있었을 것이다. 이것은 새로운 형태의 끔찍한 군비 경쟁으로, 그 목표는 단지 통제뿐 아니라 각국의 생존 가능성 및 자체 인류의 보존 문제일 수도 있다. 바이러스가 중국 국경을 넘어 급속히 퍼지면서 전 세계적인 불안은 더욱 고조되었다. 정부들은 시민들에게 새로운 질병에 대해 예방 조치를 취할 것을 경고하며 주의를 당부했다. 나중에 이 신종 바이러스는 '중증 급성 호흡기 증후군 코로나바이러스 2SARS-CoV-2'로 확인되었으며, 세계보건기구WHO는 이 질병을 '코로나바이러스감염증-19'로 명명하고 2020년 3월에 이를 세계적 대유행(팬데믹)으로 선언했다.

SARS-CoV-2에 대항하는 백신 개발을 위한 전 세계적 경쟁이 시작되었고, 제약 회사들은 신속히 그들의 제품을 만들어 판매했다. 그러나 광범위한 백신 접종 노력에도 불구하고 팬데믹은 오랫동안 지속되었다. 유감스럽게도 일부 백신 접종자들은 심각한 백신 부작용을 경험했으며, 심지어는 백신을 맞은 사람들도 바이러스에 계속해서 감염되었다. 팬데믹은 일상생활에 상당한 제약을 가하며, 전 세계에 3년 이상 깊은 어둠을 드리웠다.

3년 3개월의 고된 시간이 지난 후, 세계보건기구는 2023년 5월 5일에 코로나19 팬데믹의 종료를 선언했다. 전 세계 일상생활에서 통제 및 제한 조치가 해제되고, 사람들은 팬데믹 이전의 정상으로 돌아가기를 열망하며 기뻐했다. 그러나 질병, 상실, 사회적 격변으로 특징지어진 팬데믹의 집단적인 트라우마는 많은 사람들의 기억 속에 여전히 남아 있다. 팬데믹 종료로 즉각적인 안도감이 느껴졌지만, 코로나19 팬데믹의 장기적 영향을 인지하고 전 세계인과 공동체가 치른 희생을 기억하는 것은 중요한 일일 것이다.

이 소설은 코로나19의 기원과 백신 개발 및 접종 그리고 그 광범위한 여파에 대해 초점을 잡는다. 코로나19 팬데믹과 관련해 세계 여러 나라 사람들의 경험을 다루며, 공포와 슬픔에서부터 회복과 희망에 이르기까지 이 격변적인 시기를 특징짓는 다양한 감정의 스펙트럼을 탐구한다. 그리고 정부 및 보건 기구의 결정과 이러한 결정이 평범한 사람들의 삶에 미친 영향을 살펴볼 것이다.

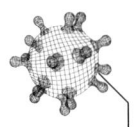

제1장

생물학 수업:

수십 년 전 유행했던 바이러스는 지금도 위협이 될 수 있는가

오랜 역사를 이어 온 어느 초등학교의 햇살이 비치는 아늑한 교실, 어린 학생들과 부모님들이 함께 모였다. 학생들의 얼굴에는 궁금증과 호기심이 서려 있었고, 20년 경력의 여교사는 따뜻한 미소를 지으며 생물학 교과서를 손에 들고 서 있다. 그 생물 교과서의 내용은 오랫동안 변함없이 대대로 가르쳐온 것이다.

오늘의 수업은 시대를 초월한 주제다.

'바이러스란 무엇인가? 그리고 백신이란 무엇인가?'

교사는 미세하지만 강한 존재인 바이러스에 대해 부드럽게 설명을 시작한다. 그녀는 이 미세한 침입자가 어떻게 우리의 몸에 침투해 들어오며 그리고 침투한 숙주 세포 내에서 어떤 과정을 거쳐 증식하여 질병을 유발하는지 설명했다.

오늘 수업의 핵심은 백신에 대한 교육이다. 교사의 목소리는 부드러워지며 교과서에 상세히 설명된 백신의 작용 메커니즘을 설명했다. 이 교과서는 100년의 세월이 흐르는 동안 영웅처럼 신뢰받는 백신에 대한 하나의 안내서와 같았다.

"간단히 말하자면," 그녀가 설명을 시작했다. "백신은 우리 면역 체계를 훈련시키는 연습과도 같습니다. 바이러스의 무해한 일부 또는 약화된 버전을 우리 몸에 도입합니다. 이것은 우리를 아프게 하지 않고, 그 바이러스를 침입자로 인식하도록 몸의 면역 체계를 일깨워 줍니다. 그리고 실제로 바이러스가 공격하려 하면, 우리 몸은 그 인식된 바이러스에 대한 학습을 기억하고 재빠르게 방어를 시작하여 감염을 예방합니다."

학생들은 강의를 들으면서 매료된 눈으로 교사를 바라보았고, 부모님들은 명확하고 흥미로운 설명에 감사하며 고개를 끄덕였다. 바이러스를 방어하는 백신에 대한 첫 배움은 어린 학생들에게 생물학에 대해 높은 관심을 불러일으키는 한편, 순수한 그들의 얼굴에는 고마운 백신에 대한 흥미로운 기운이 가득했다.

교과서에 요약된 바이러스 감염 예방을 위한 백신의 작용 메커니즘

- 백신은 신체의 면역 체계를 훈련시켜 바이러스를 인식하고 제거할 수 있도록 한다.
- 백신 접종은 실제 바이러스에 감염되지 않고 면역력을 획득할 수 있는 안전한 방법이다.
- 백신은 신체의 면역 세포가 바이러스의 단백질을 인식하고 반응하여 항체를 생성하게 하며, 일부 면역 세포는 기억 세포로 남아 다시 활성화될 준비를 한다.
- 바이러스가 신체를 침입하면, 기억 면역 세포가 활성화되어 바이러스나 바이러스에 감염된 세포를 제거한다.
- 이러한 메커니즘을 통해 백신은 바이러스 감염 위험을 줄이고, 바이러스 감염으로 인한 심각한 증상이나 사망을 예방한다.

우리는 어릴 적부터 백신이 여러 전염병을 퇴치하고 수많은 생명을 구한 이야기를 들어왔다. 대부분의 사람들은 백신은 바이러스 감염으로 인한 질병을 예방하는 완벽한 명약으로 널리 인식하고 있다.

교사의 강의가 끝날 무렵, 백신에 대한 관심이 높아진 부모 메리Mary가 손을 들었다.

"선생님, 내일 랜디Randy의 어린 남동생 칼Carl을 병원에 데려가 그의 첫 예방접종을 할 예정이에요. 그런데 칼이 예방접종을 어떻게 잘

받아들일지 걱정이 되네요. 아기들이 여러 가지 백신을 한 번에 맞는다고 들었는데, 어떤 백신을 맞는지 잘 모르겠어요."

교사는 메리를 안심시키듯 미소를 지었다.

"일반적인 예방접종에는 디프테리아, 파상풍, 그리고 백일해를 예방하는 DTP 백신이 포함됩니다. 하지만 국가의 보건 지침에 따라 어린이들에게 권장되는 다른 백신들도 있습니다."

교사는 주의를 기울이며 지켜보는 얼굴들을 한 번 둘러본 후 덧붙였다.

"다시 말씀드리지만, 백신 예방접종은 신체가 박테리아나 바이러스의 미래 침입에 맞설 수 있는 항체를 생성하도록 안전하게 도와주기 때문에 다른 아기들과 마찬가지로 내일 예방접종은 칼에게 별문제가 없을 것입니다."

그런 다음 제약 회사의 자료로 돌아가서 교사는 국가 권장 백신 예방접종 정보가 정확한지 확인했다.

바이러스 예방을 위한 국가 권장 필수 예방접종 종류

- B형 간염: B형 간염 바이러스로 인한 간 질환 예방
- 폴리오: 불활성화 소아마비 백신(IPV)을 통한 소아마비 예방
- MMR: 홍역, 볼거리, 풍진 바이러스 예방
- 수두: 수두 바이러스 예방

• A형 간염: A형 간염 바이러스 예방

• 인플루엔자: 인플루엔자 바이러스 예방

• HPV(인유두종 바이러스): 인유두종 바이러스 예방

세균 예방을 위한 국가 권장 필수 예방접종 종류

• BCG: 결핵균으로 인한 결핵 예방

• DTP: 디프테리아, 파상풍, 백일해균 예방

이어서 학부모 조지George가 손을 들며 얼굴에 호기심을 가득 담고 질문했다.

"감염병과 전염병의 차이는 무엇인가요?"

교사는 그 질문의 깊이를 인식하며 미소 지었다.

"아주 좋은 질문이에요, 조지. 감염병은 박테리아, 바이러스, 또는 기생충 같은 병원균에 의한 감염으로 발생하는 질병입니다. 그런데 그 감염병은 사람 간에 음식, 물, 공기 등을 통해 퍼질 때 전염병이 될 수 있어요. 예를 들면, 식중독은 감염병이지만 일반적으로 전염병으로 분류되지는 않습니다. 그러나 감기, 독감, 그리고 수두는 감염병이면서도 전염병이기도 합니다."

그녀는 잠시 멈추며 모두가 이해하고 있는지 확인했다.

"따라서, 전염병 또는 전파성 질병은 지역 사회 내에서 퍼질 수 있

으며, 특정 경우에는 유행병이나 팬데믹으로 발전하기도 합니다."

교실은 흥미로움으로 가득 차며, 학생들은 이 용어들의 차이를 이해하는 모습이었다.

학교에서 열린 공개 수업 다음 날, 메리는 두 살 된 아들 칼을 병원에 데려갔다. 막 걷는 법을 익힌 칼은 간호사의 주삿바늘을 보자 두려움에 울음을 터뜨렸다. 어린 아기는 엄마의 품에 단단히 매달린 채로 백신 주사를 맞았다.

백신 접종 다음 날, 칼은 갑작스러운 고열에 시달렸고, 원인을 알 수 없이 걷는 데 어려움을 겪기 시작했다. 걱정에 휩싸인 메리는 칼을 병원으로 즉시 데려갔다. 의사는 이러한 부작용이 드물긴 하지만 수만 건 중 한 건의 확률로 발생할 수 있다고 설명했다. 그는 이것이 일시적인 현상일 것이라며 칼을 위해 약물을 처방했다.

그 후 두 달 동안 엄마 메리는 백신 부작용에서 서서히 회복해 가는 칼을 걱정스럽게 지켜보았다. 몇 달 후 칼은 다시 활발하고 장난기 넘치는 모습으로 돌아왔다.

'백신 덕분에 칼의 면역력이 더 강해졌고, 칼은 앞으로 여러 질병으로부터 보호받을 수 있어.'

메리는 이렇게 스스로를 위로하며, 초보 엄마로서 겪은 걱정과 고뇌를 넘어서 백신의 가치를 받아들였다.

학교 오픈 수업에 참석한 또 다른 학부모인 프랭크Frank는 대형 제약 회사의신약 개발팀에서 안전성 평가업무를 맡고 있는데 바이러스나 백신에 대해 교과서 수준을 넘는 높은 지식을 가지고 있었다. 하지만 그는 교사의 강의와 함께 다른 학부모들이 주고받는 대회를 들으며 여러 생각을 했다. 하지만 이는 과학적 토론을 위한 시간이 아니라 어린 학생들을 위한 수업이기에 교사와의 질문 응답에 참여하지는 않았다.

다른 분야에 비해 아직 과학적 연구가 충분하지 못한 바이러스와 백신에 대해 그리고 미래의 백신 개발 업무를 위해서 프랭크는 여러 정보를 모아서 바이러스의 존재와 백신 개발의 역사에 대해 다음과 같이 정리를 했다.

바이러스와 백신

생물학의 세계에서 바이러스는 가장 신비로운 존재 중 하나로 여겨진다. 일반 사람들은 바이러스가 살아 있는 것인지, 비활성 상태인지, 어디에 존재하는지, 언제 나타나는지, 그리고 정확히 무엇을 하는지에 대해 잘 알지 못한다. 전염성 미생물로 정의되는 바이러스는 살아 있는 영역과 비활성 상태의 경계를 넘나드는 매혹적인 입자다.

박테리아와 달리, 상대적으로 바이러스는 깊이 연구되지 않았고 여전히 많은 부분이 미스터리로 남아 있다. 바이러스는 박테리아와는 별개의 영역에 존재하며, 완전한 세포 구조가 없기 때문에 완전한 생물로 간주되지 않는다. 그럼에도 불구하고 바이러스는 지구의 겨의 모든 곳에 존재하며 동물, 식물, 심지어 곰팡이를 포함한 모든 살아 있는 생명체와 공존한다.

이 미세한 존재들은 다양한 형태로 나타나며 척추동물, 무척추동물, 식물, 박테리아 등 다양한 숙주에 기생하며 생존한다. 우리가 인지하지 못하지만 매 순간 우리는 이러한 미생물과 끊임없이 상호작용하고 있고, 우리의 의지와 상관없이 우리는 이 보이지 않는 미세 동반자들과 세상을 공유하고 있다.

사실, 모든 바이러스가 본질적으로 공격적인 것은 아니다. 대다수 바이러스는 수동적인 상태로 존재하며, 식물이나 동물 숙주에 조용히 붙어 있다. 이들은 즉각적인 해를 끼치지 않으며 평화롭게 공존하는 것처럼 보인다. 그러나 이러한 평화로움은 기만적일 수 있다. 숙주의 미세 환경이 변화하거나 면역 체계가 약화될 때, 이러한 바이러스는 기회를 잡아 숙주의 약화된 영역을 침투한다. 이는 마치 새롭게 형성된 진공 공간으로 이동하는 어떤 힘과 같다.

보다 공격적인 바이러스는 다른 접근 방식을 취한다. 공격성이 강한 바이러스는 자신의 유전 정보를 숙주 세포에 주입하고, 숙주의 세포를 이용해 빠르게 자신을 복제하여 자손을 퍼뜨린다. 예를 들어, 박테리아가 바이러스에 감염되면, 바이러스는 숙주 박테리아의 리보솜을 장악해 숙주 단백질 합성을 방해하고 중단시키는 동시에 바이러스는 자신을 복제하는 데 필요한 유전 정보를 활용하여 숙주 세포 내부에서 활성화된다.

이 과정에서 바이러스는 숙주의 리보솜, 즉 단백질 합성 공장을 장악하여 바이러스 자신의 단백질을 생산한다. 이 과정은 바이러스가 증식할 수 있도록 할 뿐만 아니라 숙주에 상당한 스트레스를 가해 여러 질병을 유발한다. 이 바이러스와 숙주 간의 복잡한 상호작용은 이 작은 존재들의 정교한 본성과 살아 있는 생명체에 미치는 중요한 영향을 부각시킨다.

역사적으로 인류는 바이러스와 박테리아로 인해 수많은 전염병을 겪으며 엄청난 고통과 죽음을 경험해 왔다. 그러나 19세기에는 이러한 치명적인 미생물들과의 싸움에서 중요한 전환점이 된 백신 개발이 이루어졌다. 백신은 특정 감염에 대한 면역을 생성하기 위해 고안된 생물학적 제제다. 이는 병원체의 무해한 구성 요소를 도입하여 면역 체계를 학습시키고 향후 면역 체계가 실제 병원체와 마주했을 때 이를 인식하고 대응할 수 있도록 하는 것이다.

과거에 백신 덕분에 천연두(마마), 소아마비(폴리오), 디프테리아, 콜레라와 같은 바이러스와 박테리아로 인한 치명적인 전염병을 극복할 수 있었다. 이러한 성과로 전염병 예방과 공중 보건을 보장하는 데 있어 백신이 중요한 도구임으로 확고히 자리잡은 것이다.

백신 작용 메커니즘: 천연두와 우두를 통한 백신의 역사적 사례

백신이 작동하는 메커니즘은 18세기 천연두와 우두 바이러스를 활용한 역사적 사례를 통해 설명할 수 있다. 당시 송아지가 천연두 바이러스에 감염된 후, 과학자들은 천연두와 유사하지만 덜 심각한 바이러스인 우두 바이러스를 송아지의 혈액에서 분리할 수 있다는 사실을 알아냈다. 이 우두 바이러스는 천연두에서 약간 변형된 형태로 백신을 만드는 데 사용되었다.

우두 백신이 사람에게 접종되었을 때 이것은 천연두 바이러스를 모방했지만 천연두의 심각한 증상을 유발하지 않았다. 이는 우두 바이러스가 천연두 바이러스와 구조적으로 충분히 유사하여 면역 체계가 이를 동일하게 인식하고 반응할 수 있었지만 우두 바이러스가 상대적으로 약하여 심각한 질병을 유발하지 않았기 때문이다.

우두 백신을 접종받은 후 사람의 면역 체계는 우두 바이러스를 퇴치하기 위해 특별히 설계된 항체를 생성했다. 우두와 천연두 사이의 구조적 유사성 덕분에, 이러한 항체는 천연두 바이러스에 대해서도 같은 효과를 발휘했다. 결과적으로, 만약 우두백신을 맞은 사람이 나중에 천연두에 노출되었을 경우 면역 체계는 우두 백신에 의해 처음 형성된 항체 덕분에 천연두 바이러스를 인식하고 중화할 수 있었던 것이다.

우두를 이용해 천연두 백신을 개발한 이 선구적인 시도는 의학 역사에서 기념비적인 한 걸음이었다. 이는 백신이 면역 체계를 준비시켜 더 위험한 병원체와 싸우고 질병을 예방할 수 있게 하는 방법을 보여 준 것이다. 이 역사적 사례는 백신 개발의 창의성과 그 깊은 영향을 부각시키며, 공중 보건을 강화할 수 있는 지속적인 연구개발을 독려했다.

과거에 유행했던 바이러스는 오늘날에도 여전히 위협이 되는가?

다양한 형태와 특성을 지닌 바이러스는 숙주 세포에 침입한 순간부터 흥미로운 여정을 시작한다. 이 작은 침입자들은 숙주의 세포 구조를 활용해 자신을 복제하고 새로운 개체를 생성한다. 숙주 세포에 들어간 바이러스는 숙주 세포를 장악하고 이용하여 자신의 DNA 또는 RNA를 복제하고, 이를 통해 새로운 완성된 바이러스 입자를 형성하기 위한 자신의 단백질을 조립한다. 이렇게 새로 형성된 입자들은 방출과 지속적인 복제를 진행한다.

이 복제 과정은 바이러스가 숙주 내에서 생존할 수 있도록 할 뿐만 아니라, 감염성 질병으로서 숙주 간 전파가 가능하게 한다. 이 미생물들의 독특한 생태학적 특성과 행동은 그들이 숙주 세포와 상호작용하는 복잡성을 잘 보여 준다. 이러한 상호작용에 대한 이해는 바이러스 메커니즘을 이해하고 백신과 같은 효과적 전략을 개발을 위한 중요한 근거가 된다.

바이러스 학자들이 이전에 연구를 한적이 있는지 모르지만 그들에게 매우 중요한 질문을 던진다.

"한때 수백만 명의 목숨을 앗아간 무서운 전염병을 일으켰던 바이러스들이 오늘날에도 여전히 동일한 위협을 가하고 있는가?"

역사가 오래된 바이러스들 중 일부는 여전히 걱정거리로 남아 있지만, 다른 많은 바이러스들의 위협은 크게 줄어든 것으로 보인다. 예를 들어, 소아마비 바이러스를 생각해보면, 한때 두려운 재앙이었던 이 바이러스는 이제 인간에 대한 영향력이 약화되어 감염 사례가 99% 감소했으며, 현재는 전 세계에서 단 두 개의 국가에서만 엔데믹(풍토병)으로 분류되어 있다.

우리가 더 이상 이러한 유행했던 바이러스를 두려워하지 않을 여유를 갖게 된 이유는 무엇일까? 이는 일상생활에 있어서 위생환경의 개선과 함께 더 나은 영양상태로 강화된 인간의 면역력 덕분일까? 아니면 몇십 년 또는 몇 세기 동안의 진행된 자연적인 유전적 변화의 과정 속에서 바이러스 자체가 숙주를 효과적으로 침투할 수 있는 능력을 잃었기 때문일까? 아니면 이 바이러스 적들에 대한 승리는 인간의 재생 회복력, 과학적인 백신의 도움으로 강화된 면역력, 그리고 바이러스 자체의 변형으로 가는 진화적 경로가 결합된 복합적으로 나타난 결과일까?

뒤돌아보면 과거에는 결핵, 발진티푸스, 홍역과 같은 질병이 면역 체계가 약화된 사람들을 자주 괴롭혔다. 그 당시 비위생적인 생활 환경과 영양 부족은 사람들을 감염에 취약하게 만들어 광범위한 질병과 사망을 초래했다. 그러나 오늘날 환경 위생과 영양 상태의 개선은 이러한 상황을 바꾸고 인간의 자연 면역력을 크게 강화했다.

미생물의 미세 패턴도 주위의 환경과 함께 변화했을 것으로 보인다. 주위의 환경 변화와 함께 상대적으로 박테리아와 바이러스도 적응의 시간이 지나가면서 유전적으로 변이를 겪으며 변화했을 것이다. 이 과정은 특정 박테리아와 바이러스의 숙주에 대한 독성을 약화시켜 그 위험을 줄였을 가능성을 간과할 수 없다. 바이러스의 특성이 진화에 따라 변화한다는 가설은 미래의 특정 전염병을 이해하고 백신을 개발하는 데 새로운 질문과 도전을 제기할 것이다.

이어지는 하나의 중요한 질문은 "현재 어린이들에게 여러 전염병 예방을 위해 접종되는 백신은 정말 효과적인가?" 하는 것이다. 과거 바이러스의 위험이 시간이 지나면서 유전적 변이로 인해 감소했다면 이러한 과거 바이러스를 대상으로 개발한 백신은 변종 바이러스에 대해 관련성이 덜할 것이고 그 효능도 그만큼 적을 것이다. 그렇다면 변종 바이러스에 대한 상관관계가 부족한 동일한 백신을 계속해서 어린아이들에게 접종해야 할까?

질병으로 이어지는 백신 부작용에 대한 큰 우려

백신을 비롯하여 세상에 존재하는 어떤 약물도 인체에서 발생할 수 있는 잠재적인 부작용으로부터 자유롭지는 않다. 종종 뇌 장애로 묘사되는 자폐증을 그 예로 들 수 있다. 프랭크가 조사한 최근에 발표된 자료에 따르면 1970년대 자폐증의 발병률은 아이들 1만 명 중 1명 정도였다. 오늘날에는 그 발병률이 급격히 상승하여 160명 중 1명 수준에 이르렀으며, 일부 연구는 이러한 증가가 1970년대에 비해 높은 예방접종률과 관련이 있을 가능성을 제시한다. 어린이 예방접종률이 세계에서 가장 높은 국가 중 하나인 미국에서는 평균 59명 중 1명의 어린이 그리고 37명 중 1명의 남자아이가 자폐증 진단을 받고 있다고 한다.

그리고 휴 푸덴버그Hugh Fudenberg 박사의 연구에 따르면, 5년 연속 독감 백신을 접종받으면 치매에 걸릴 위험이 10배 증가할 수 있다고 한다. 지난 10년 동안 치매로 인한 사망자가 두 배로 증가했으며, 현재 치매는 영국과 웨일스에서 주요 사망 원인이 되고 있다.

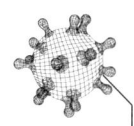

제2장
지구 재설정 본부의 시작

1950년대 유럽 대륙은 참혹한 전쟁에서 벗어나 사람들은 생존에서 사회의 복구로 전환하기 위해 고군분투하고 있었다. 기아와 고난은 흔한 일이었지만 사람들은 부족함 속에서도 열심히 일하며 가족들의 더 나은 삶을 위해 애를 썼다. 그때는 신체적으로도 감성적으로도 재건의 시기였고 대부분의 사람들이 전쟁으로 입은 트라우마를 치유하려 노력하던 때였다.

프랑크푸르트에서 북쪽으로 두 시간 떨어진 작은 마을에서 어린 소녀 수잔 린케Susan Linke는 부모와 함께 살고 있었다. 그녀의 가족은 작은 농장에서 가축을 돌보고 토마토가 잘 자라는 밭과 정원을 가꿨다. 돼지 새끼들이 태어난 날에는 수잔은 학교에 가지 않고 새로 태어난 돼지들을 돌보며 부모님을 도왔다.

따뜻한 마음을 가진 소녀 수잔은 매일 어미 돼지와 새끼 돼지들을 정성스럽게 돌보았다. 어미 돼지가 젖을 잘 먹이고 있는지 확인하고 새끼들이 편안할 수 있도록 신선한 건초를 준비했다. 수잔은 또한 어미 돼지의 수유량을 높이기 위해 영양가 높은 곡물을 구유에 넣어 주었다.

날이 가며 새끼 돼지들은 수잔의 돌봄 아래 건강하게 자라났다. 새끼 돼지들은 수잔을 좋아하며 마치 그녀가 그들의 어미인 것처럼 따라다녔다. 매일 아침 새끼 돼지들은 기쁨에 몸을 흔들며 수잔을 반기고, 수잔은 돼지들을 부드럽게 쓰다듬으며 그들과 형성된 유대감을 기쁘게 여겼다.

수잔의 부모님은 수잔과 새끼 돼지들 사이의 따듯한 유대를 보며 미소를 지을 수밖에 없었다. 그들은 농장 일을 통해 전쟁 후 사람들이 필요로 했던 회복력과 희망을 보았다. 어려움 속에서도 이 조용한 마을의 작은 농장은 회복의 상징이자 더 나은 미래에 대한 약속으로 보였다.

어느 저녁 해가 지평선 아래로 내려가며 들판 위로 황금빛을 드리우던 때 수잔의 아버지가 그녀를 불렀다. "수잔," 그는 따뜻하고 자랑스러운 목소리로 말했다. "너는 새끼 돼지들을 정말 훌륭하게 돌봤구나. 네 덕분에 돼지들이 건강하고 튼튼하게 잘 자랐어."

수잔은 아버지의 칭찬에 환하게 웃으며, 자신이 한 작은 일을 인정받는 기쁨으로 가슴이 벅찼다. 기실 농장은 단순히 일하는 장소가 아니라 과거의 폐허 속에서도 생명이 계속 번성하는 안식처였다.

서리가 농장 잔디를 덮은 늦가을의 차가운 아침에 열두 마리의 살찐 돼지들이 트럭에 실렸다. 수잔은 이전에도 이런 장면을 본 적이 있었지만 그녀가 열세 살이 된 이날 동물들이 트럭에 실리는 모습을 보며 그녀는 복잡한 불안감이 가슴을 채우는 것을 느꼈다.

어느 주말에 수잔의 아버지는 그녀를 데리고 프랑크푸르트 시내의 분주한 농산물 시장으로 토마토를 팔러 갔다. 이 농산물 시장은 2주에 한번 주말에 열리는 전통적인 행사로 마을 전체에는 생기와 활기가 넘쳤다. 시장이 늦은 오후에 문을 닫을 무렵 수잔은 생애 처음으로 도축장을 볼 기회를 가졌다.

도축 준비가 완료된 수십 마리의 돼지들이 줄을 서서 운명을 기다리고 있었다. 그들은 철조망 울타리를 따라 우리로부터 도축장의 음산한 뒷문으로 한 마리씩 줄지어 안내되었다. 코발트블루 전등 빛이 번쩍이자 철문이 열렸고, 돼지들은 하나씩 안으로 밀려 들어갔다.

돼지들이 들어가자마자 그들은 머리에 전기 봉으로 충격을 받았다. 순식간에 돼지들은 고압 전류로 인해 기절하며 입에서 거품을 뿜었다. 그들의 목은 신속히 절개되어 목에서 피가 쏟아져 나왔다.

그리고 이어진 라인에서 탈곡기처럼 생긴 돌아가는 기계(탈모기) 위에서 피가 제거된 돼지 몸통이 뒹굴어지며 온몸의 털이 뽑혀나갔다. 털이 제거된 몸통은 즉시 거꾸로 매달리고 복부로부터 내장이 제거된 후 이어지는 라인을 따라 몸이 여러 조각의 고깃덩어리로 해체되었다.

수잔은 도축장에서 벌어진 광경을 보고 큰 충격을 받았다. 도축장에서 수잔은 자신이 돌보고 길렀던 돼지들이 강제적으로 6개월의 짧은 생을 마감하는 모습을 목격하고 집으로 돌아온 후 그녀는 며칠 동안 식욕을 잃고 물만 마셨다. 이 경험은 수잔에게 생명과 죽음의 의미에 대한 원초적인 질문을 불러일으키며, 인간의 식탁을 위해 짧은 삶을 마치는 가축의 고통스러운 현실에 대해 생각하게 했다.

이 사건은 그녀의 삶에 있어 중요한 전환점을 이루며 그녀가 내면을 들여다보고 생명과 죽음에 대해 고민하기 시작한 계기를 만들었다. 그녀는 점점 더 내성적으로 변하며 자신의 감정의 무게 때문에 외로움을 느꼈다. 새롭게 찾아온 어떤 깨달음은 그녀에게 고통과 혼란을 가져왔으며 그녀는 이러한 감정을 어떻게 처리해야 할지 몰랐다. 사소한 감성적 자극조차 그녀를 눈물로 몰아넣으며 그것이 자신의 삶에 던진 영향을 이해하려 애쓰는 과정에서 오랫동안 어려움을 겪었다.

수잔, 그린피스에서 활동을 시작하다

수잔은 고등학교 졸업 후 독일 함부르크 대학에서 법학 학위를 전공했다. 학업을 마친 뒤 그녀는 변호사 자격증을 획득하고 법률 사무소에서 일을 시작했다. 그녀의 경력 내내 다양한 법적 분쟁과 공방을 다루면서도 그녀는 여전히 삶과 죽음, 진실과 거짓, 사회적 좌절, 그리고 미래에 대한 희망에 관해 올바른 답을 찾으려 끊임없이 고민했다.

법률사무소 업무 외에도 수잔은 그린피스 운동에 많은 시간을 바쳤다. 그녀가 그린피스에 참여한 이유는 '지구와 인류에 대한 가장 큰 위협이 급격한 인구 증가 속에서 빠르게 진행되는 산업 발전과 인류의 엄청난 과소비로 인해 발생하는 지구 온난화, 생태계 파괴, 산림 벌채, 해양 및 공기의 오염'이라는 확신에서 비롯되었다.

그린피스는 급격한 인구 증가로 인한 기후 변화와 지구 온난화의 중요한 문제들에 대한 사람들의 인식을 높이기 위해 헌신적으로 활동하고 있다. 그들은 세계 인구의 폭발적인 증가와 인간의 과소비가 지구의 생태계를 붕괴로 몰아가며, 미래에 인간이 스스로 지구에서 삶을 지속할 수 없게 만들고 있다고 주장한다. 이 단체는 미래 세대를 위해 지구의 균형을 되찾고 인류를 보호하기 위한 해결책을 아래와 같은 활동을 통해 촉구하고 있다.

- 인구 증가 억제: 인구수는 환경 자원의 소비 증가에 기여하는 주요 변수 중 하나다. 그러므로 정부 주도 이니셔티브initiative와 가족계획 교육 프로그램을 통해 출산율을 낮추려는 노력을 펼친다.
- 지속 가능한 소비: 소비 감소와 폐기물 생산 감축은 환경에 미치는 영향을 최소화하는 데 도움이 될 중요한 변수이다.
- 식단 변화: 육류 소비를 줄이고 세계를 식물 기반 식단으로 유도하면 육류 생산이 환경에 미치는 부정적인 영향을 크게 줄일 수 있다.
- 정책 변화: 다자 및 국제 조직의 주도하에 지속 가능성을 목표로 하는 정책을 정부와 산업이 신속히 채택하고 이행하도록 촉구한다.

하지만 그린피스가 실제로 이룬 변화는 크게 보이지 않고 단지 그린피스의 캠페인 슬로건으로 사람들에게 더 많은 인상을 남겼다. 지난 몇십 년 동안 그린피스의 노력에도 불구하고 환경과 생태계는 나아지지 않고 오히려 점점 더 빠른 속도로 악화되고 있다. 게다가 그린피스의 활동은 때때로 의도하지 않은 결과를 초래하기도 했다.

예를 들면 1995년 한 글로벌 석유 회사가 북해에 있는 브렌트스파 석유 플랫폼을 해체하려고 했을 때 그린피스는 그 플랫폼 해체가 해양 환경에 심각한 피해를 줄 것이라고 주장하며 강력한 반대 캠페인을 벌였다. 그러나 이후 그린피스의 데이터가 부정확했음이 밝혀져 그 반대 캠페인은 그들의 신뢰도에 큰 손상을 입혔다. 그린피스의 이미지를 더욱 손상시킨 또 다른 사건은 그 단체와 관련된 몇몇 환경 운동가들이 부패 혐의로 기소된 것이었다. 이러한 사건들은 그린피스의 명성에 그림자를 드리우는 결과를 낳았고 그린피스의 영향력은 쇠퇴해갔다.

그린피스가 오랫동안 환경 보호를 위해 노력했음에도 불구하고 그들은 글로벌 기후 변화와 생태 위기에 대한 근본적인 해결책을 제공하는 데 성공하지 못했다. 그린피스에서의 이러한 부정적인 경험을 바탕으로 수잔은 그린피스가 지구를 보호하기 위한 능력이 충분하지 않다는 결론을 내렸다.

더 강력한 해결책을 찾고자 결심한 수잔은 여러 해 동안 일을 하며 접촉했던 다양한 분야의 전략가들과 전문가들을 모았다. 그들과 함께 그녀는 그레이트 어스 리셋 헤드쿼터Great Earth Reset Headquarter, GERHQ를 설립하며 더 큰 효율성과 영향력을 가지고 지구 환경 문제에 대처할 수 있는 새로운 글로벌 이니셔티브를 구상한다.

GERHQ 조직과 활동

그린피스나 다른 비영리 단체와는 달리 GERHQ는 전 세계적으로 뛰어난 과학자와 인재를 발굴하고 또 관리하는 보이지 않는 점조직으로 운영된다. 이 발굴된 인재들에게 정규 회원 자격을 제공하며 각자의 분야에서 성공할 수 있도록 지원을 한다. 동시에 GERHQ의 사명과 프로젝트를 수행하기 위해 이러한 글로벌 인재 풀을 조직하고 활용한다.

GERHQ는 이사회가 있으며 여러 지역 대표들과 함께 매년 대면 회의를 개최하며 빈번한 온라인 회의를 통해 다양한 주제에 대해 긴밀히 논의한다. GERHQ 활동을 위한 자원과 예산은 비밀에 가려져 있지만 글로벌 기업 소유자, 주요 주주 및 몇 세기를 거쳐 대대로 내려오는 올드 머니old money의 부유한 귀족 패밀리들의 상당한 기부금이 지원되고 있다. 여기에 더하여 근래에 들어와 IT 산업의 패권을 가진 뉴 머니new money,즉 새로운 자본 그룹의 기부금도 GERHQ의 운영에 큰 도움과 영향을 끼친다. 사실 올드 머니와 뉴 머니 그룹은 기부행위와 함께 GERHQ 운영을 통해 글로벌 기업과 특정 산업에 투자를 할 수 있는 매우 좋은 기회를 가진다.

GERHQ에서 수잔은 1년 전에 세계보건복지기구로 옮긴 힐 맥스Hill Max를 이어받아 최고 운영 책임자Chief Operating Officer라는 직함으로 GERHQ를 이끌고 있다. 그녀는 적극적으로 글로벌 환경 문제를 해결할 비전을 가지고 GERHQ를 이끌 책임을 맡았다.

발족 후 수년 만에 충분한 재정과 인력 자원을 바탕으로 GERHQ는 세계적인 네트워크를 갖추며 여러 나라 정부, UN 조직, 글로벌 기업 및 주요 과학 연구 기관 간의 상호작용에 보이지 않는 영향을 끼친다.

GERHQ와 그 구성원에 대한 정보는 업무협력 관계를 맺은 전문가들과 개인적인 인맥을 통해 이루어진 협력 과정에서도 철저히 비공개로 유지되고 있다.

GERHQ 이사회는 관련 전문가들의 지원을 받아 단기 및 장기 프로젝트 수행 계획을 만든다. 이러한 계획은 AI 및 최신 정보 기술을 활용하여 정확한 이중 검증 과정을 거친다. 그리고 프로젝트 목표와 상세한 실행 계획을 검정하기 위해서는 다방면의 과학 및 기술 분야 전문가들의 지원을 필수적으로 거친다.

GERHQ의 최고 운영 책임자로서 수잔은 GERHQ의 활동에 필요한 전문가들을 확보하기 위해 전 세계를 돌아다니며 노력한다. 그녀는 매년 주요 과학기술 학회와 경제 포럼에 참석하여 세계 시장을 리드하는 저명한 교수, 과학자, 산업 경영진들과 교류한다.

최근 싱가포르에서 열린 신약 연구 및 개발에 관한 국제 컨퍼런스에서 수잔은 우한 바이러스 연구소의 소장인 닥터 XG를 만난다. 닥터 XG는 미국 노스캐롤라이나 대학에서 공부한 후 18년 전에 중국으로 돌아간 이력을 가지고 있다. 수잔은 따뜻한 미소로 닥터 XG에게 다가갔다.

"닥터 XG, 만나 뵙게 되어 정말 기쁩니다. 이 컨퍼런스에서 아시아 지역의 주요 오피니언 리더 중 한 분인 당신과 교류할 수 있는 기회를 얻어 정말 기쁩니다. 백신 개발에 관한 귀하의 강의를 매우 흥미롭게

들었고 또 저명한 연구소를 관리하시는 모습에 깊은 감명을 받았습니다. 저는 아직 우한을 방문한 적은 없지만 그곳이 역사와 문화가 풍부하고 유명 대학교와 여러 연구 기관들이 소재한 주요 산업 및 상업 허브라는 이야기를 들었습니다."

닥터 XG는 수잔의 진심 어린 감사를 느끼며 고개를 끄덕였다. 이 두 사람의 만남은 지구 보전을 위한 과학 및 환경 분야에서 어떤 협력의 시작을 암시한다.

수잔은 말을 이어갔다.

"우한에 기반을 둔 다국적 제약 회사의 연구소가 있다는 이야기도 들었습니다. 이 연구소가 인체 유전자 지도 작성 및 편집 기술을 바탕으로 여러 신약들을 개발하고 있는 것으로 압니다. 이 연구소는 전 세계의 유명한 병원들의 여러 연구자들과 함께 진행하는 임상시험에서 전자 데이터 수집, 처리, 통계 분석을 효율적으로 진행하는 훌륭한 시스템을 갖추고 있는 것 같더군요."

"실제로 그 다국적 제약 회사의 연구소는 제가 일하는 바이러스 연구소에서 멀지 않은 곳에 있습니다. 만약 수잔 씨께서 우한을 방문할 기회가 생기신다면 제가 특별히 우한 투어를 마련해 드리겠습니다. 우한에는 여러 생명과학 연구센터가 있습니다. 그리고 혹시 저희 연구소의 진행 중인 프로젝트에 관심이 있으면 설명을 드리겠습니다."

수잔은 닥터 XG의 연구 프로젝트에 관심과 싱가포르 컨퍼런스의 여러 이야기 끝에 신중하고 간략하게 GERHQ에 대해 설명했다. 그녀는 GERHQ의 사명 및 원대한 목표를 달성하기 위한 조직 및 운영 방식에 대해 소개했다.

"GERHQ는 전 세계의 과학 및 기술 분야에서 선두적인 전문가들을 발굴합니다. 그 전문가들이 GERHQ의 정회원으로 가입하면 다른 회원들과 협력할 기회를 얻습니다. 그리고 저희는 등록된 정회원의 개인적인 경력 성공을 위해 적극적으로 지원하고 있습니다. 회원들은 또한 기후 위기 등 재난에서 지구를 구하기 위한 과제에 참여할 기회를 얻으며 GERHQ로부터 자금 지원을 받습니다. 저희는 향후 GERHQ의 아시아 지역 과제를 관리 감독할 인재도 찾고 있습니다."

중국 학계에서 존경받고 우한 바이러스 연구소 소장으로 알려진 닥터 XG는 수잔의 GERHQ에 대한 설명을 호기심을 가지고 들었다. 녹색 지구를 지속시키기 위한 대규모 과제에 협력하는 아이디어는 그에게 매우 매력적으로 다가왔다. 그러나 XG는 자신이 GERHQ의 회원으로 등록되면 중국 보안 당국의 주목을 끌게 되고 현재 그의 위치와 명성에 위험을 초래할 수 있다는 우려를 보인다.

수잔은 닥터 XG의 망설임을 감지하고 부드럽게 말한다.

"닥터 XG, 귀하의 우려를 충분히 이해합니다. GERHQ는 회원들의 개인 정보와 활동을 엄격히 기밀로 유지합니다. 프로젝트를 위한 직접적인 의사소통 라인을 제외하고는 회원들 간의 상호교류나 정보

공유가 없으므로 귀하의 개인 신원이 노출될 위험은 없습니다. 또한 GERHQ는 지구상의 인류와 환경을 지속 가능하게 유지하기 위한 과제를 진행할 뿐 어떠한 불법적인 활동에도 관여하지 않습니다. 시간을 충분히 가지시고 가입 결정을 서두르지 않으셔도 됩니다. 제가 12월 초 앞으로 약 4개월 후 홍콩을 방문할 계획인데 그때 다시 만나 뵐 기회가 있기를 희망합니다. 괜찮으시다면, 10월 중에 개인 이메일로 연락드리겠습니다."

수잔의 안심시키는 말은 닥터 XG의 염려를 약간 완화시켰고 두 사람 간의 12월 만남 약속이 XG에게 협력 가능성을 신중히 고려할 기회를 제공한다.

싱가포르에서 닥터 XG와 뜻깊은 만남을 가진 후 수잔은 대한민국 서울에 있는 국제백신연구소IVI 본부로 여정을 이어 갔다. 그곳에서 그녀는 IVI 연구소의 주요 관계자들과 대화를 나누며 전염병 퇴치를 위한 중요한 연구 활동에 대한 발표를 들었다.

"IVI는 개발도상국의 사람들을 보호하기 위한 새로운 백신을 개발에 전념하는 세계 유일의 국제 연구소입니다. 이 연구소는 1997년에 유엔개발계획UNDP의 후원 아래 설립되었으며 현재 독립적인 국제 기구로 운영되고 있습니다. 본부는 서울에 위치하며 스웨덴, 르완다, 오스트리아, 케냐 등 여러 국가에 지역 사무소를 운영하고 있습니다.

오스트리아는 최근 IVI의 27번째 회원국으로 가입하여 백신 연구

개발 분야의 협력을 강화했습니다. IVI는 주로 저소득 및 중소득 국가에 불균형적으로 영향을 미치는 전염병에 초점을 맞추고 있습니다. 주 연구는 콜레라, 장티푸스, 이질, 살모넬라, 주혈흡충증, E형 간염, HPV와 같은 질병을 포함합니다. 또한, 치쿤구니아와 라사열과 같은 신종 전염병도 다루며 취약한 인구에게 중요한 보호를 제공하는 것을 목표로 하고 있습니다."

IVI와의 회의를 마친 후 수잔은 IT 및 반도체 분야의 주요 한국 기업 전문가들을 만나기 위한 은밀한 임무를 시작했다. 그녀는 GERHQ에 합류할 몇몇 회원을 성공적으로 발굴했으며 그중에는 반도체 연구 및 제조 분야의 저명한 전문가가 포함되었다.

한국에서의 성공적인 미팅 이후 수잔은 유전자 지도 작성 및 편집에 관한 국제 컨퍼런스에 참석하기 위해 이태리의 밀라노로 날아갔다. 그곳에서 그녀는 스위스 출신으로 글로벌 제약 회사에서 기술 본부를 관리 감독하는 수석 부사장인 닥터 벤 W. 코작Ben W. Kozak을 만난다. 이 제약 회사에서의 역할 이전에 벤은 젊은 나이에 미국의 저명한 대학에서 종신 교수직을 역임한 바 있다. 인간 게놈 시퀀싱 및 편집 연구 분야의 선두 주자인 벤은 GERHQ의 사명과 목표에 흥미를 느낀다.

수잔은 GERHQ의 비전을 벤에게 공유하며, GERHQ조직이 과학 및 기술의 다양한 분야에서 전 세계의 최고 전문가를 발굴하는 방식, 다른 GERHQ 회원들과 협력할 수 있는 기회, 경력 성공을 지원하기 위한 GERHQ의 후원, 그리고 GERHQ가 지구를 구하기 위한 프로젝트에 참여할 기회를 설명했다. 또한 그녀는 벤에게 업무 성과와 관심에 대한 평가에 따라 향후 GERHQ에서의 리더 역할을 맡을 수 있는 미래의 기회에 대해서도 강조했다.

GERHQ의 비전과 정책에 깊은 인상을 받은 벤은 이 조직에 가입하기로 결정했으며 이는 지구를 보존하는 데 능력 있는 전문가 네트워크를 구축하기 위한 수잔의 노력에 또 다른 성과를 더했다.

다음은 수잔이 GERHQ를 간략히 소개하기 위해 사용한 GERHQ의 사명과 정책이다.

- GERHQ 사명: GERHQ는 인간의 지속 가능한 삶을 보전하기 위해 지구 환경과 생태계를 보호한다. 이를 위해 GERHQ는 지속 가능한 관리와 사회적 책임을 강조한다.
- GERHQ 관심 분야: 우리는 숲과 바다 보호, 핵 개발 위협, 생물 다양성 보존, 공기와 해양 오염 방지, 기후 변화 모니터링, 우주 탐사 연구, 게놈 분석 및 유전자 편집 연구 등 다양한 분야에서 지구와 인류를 위해 일을 한다.
- GERHQ 조직과 회원 자격: 회원 등급은 수은, 금성, 화성, 목성의 4단계로 나뉘며 기여도와 성취도에 따라 등급이 결정된다. GERHQ는 글로벌 네트워크와 자원을 활용하여 등록 회원의 개별 경력 발전을 지원한다. 또한 GERHQ 프로젝트를 수행하는 회원들에게는 재정적 지원이 제공된다.

- GERHQ 기밀 유지 계약: 모든 회원은 평생 회원이 되며 회원의 신원이나 정보를 외부에 공개하는 것이 엄격히 금지된다. 모든 회원은 GERHQ와 관련된 활동에 대한 기밀성을 유지할 책임이 있다.

수잔, XG, 그리고 벤 세 사람의 만남

이전에 경험한 어느 해보다 더 길고 습하고 무더웠던 여름을 견뎌낸 후 10월의 우한 날씨는 상쾌하고 쾌적해졌다. 단풍나무의 내음이 창문을 통해 들어오고 부드러운 바람이 XG의 얼굴을 스치며 XG는 가을의 향기를 맡았다.

XG는 이른 아침에 일어나 부드럽게 로스팅된 콜롬비아 산 커피를 끓이며 자신의 PC를 켰는데 수잔에게서 온 이메일이 그를 기다리고 있었다. 홍콩에서 미팅을 요청하는 그녀의 메시지를 읽으며 XG는 자신의 현재 역할과 책임에 대해 신중히 고민하면서도 약간의 흥분감을 느꼈다.

수잔에게 미팅 승낙의 답을 보낸 후 XG는 12월에 홍콩에서 수잔을 만나러 가기 전에 자신의 우한 바이러스 연구소의 업무 그리고 대학에서 강의와 학생들의 기말고사 일정을 재조정했다.

그리고 XG는 수잔이 전에 언급했던 우한에 있는 다국적 제약 회사의 연구소에 대한 소개 자료를 읽었다. 그는 자료를 검토하며 미래의 연구 협력 분야와 그 가능성을 생각하기 시작했다. 장기적인 관점에서 XG는 자신의 제약 회사를 설립하고 다국적 연구소와 협력하여 혁신적인 연구와 획기적인 신약 개발을 위한 길을 열 수 있는 가능성을 상상했다. 그러면서 곧 흥미로운 기회를 마주하게 해 줄, 홍콩에서 있을 수잔과의 미팅을 기대했다.

XG는 수잔과의 만남 하루 전에 홍콩으로 날아가서 구룡반도의 아름다운 바닷가에 위치한 M 호텔에서 기다렸다. 한편 수잔은 GERHQ의 5년 단기 프로젝트의 실행을 위해 홍콩으로 서둘러 갔다. 그녀는 비행기에 탑승한 뒤 과제 계획의 세부 사항 중 혹시 간과한 점은 없는지 재확인하며 프로젝트와 관련된 기사들을 검토하고 중요한 포인트를 노트에 하나씩 기록하며 XG와의 미팅을 준비했다.

수잔은 마침내 닥터 XG와 만나 따뜻하게 인사한다.

“닥터 XG, 다시 뵙게 되어 정말 반갑습니다! 여기 12월의 날씨는 함부르크의 가을과 비슷하게 쾌적하고 온화합니다. 그동안 어떻게 지내셨나요? 우한은 벌써 추운 겨울인가요? 지난번에 말씀드린 우한에 있는 다국적 제약 회사 연구소와 어떤 교류가 있었는지 궁금합니다.”

수잔은 말을 이어갔다.

“그 제약 연구소의 강점은 최신 게놈 지도를 사용하고 유전자 편집 기술을 통해 바이오 신약을 개발하는 데 있습니다. 앞서 말씀드렸듯이 그들은 임상시험을 수행하고 데이터를 관리하는 데 매우 우수한 소프트웨어 시스템을 보유하고 있습니다. 귀하의 연구소와 제약 연구소가 양측의 전문 지식과 기술을 활용한 공동 연구를 진행하면 양쪽 모두 만족할 수 있는 효율적인 관계를 구축할 수 있을 것입니다."

닥터 XG는 수잔의 비전을 들으며 열정적이고 호기심 가득한 모습으로 고개를 끄덕였다. 수잔은 닥터 XG가 GERHQ의 사명과 프로젝트에 점점 더 공감하고 있음을 느끼면서도 수잔은 자신의 법학적 배경으로는 닥터 XG가 필요로 하는 과학적 세부 사항을 충분히 제공할 수 없다는 점을 설명하고 더 많은 과학적 정보를 제공할 수 있는 닥터 벤 W. 코작과의 만남을 제안했다.

"싱가포르에서의 만남 이후 GERHQ 프로젝트의 과학적 측면에 대해 궁금한 점이 많으실 거라고 생각합니다. 제 전공이 법학이기 때문에 GERHQ가 준비 중인 프로젝트에 대해 더 자세한 정보를 제공할 수 있는 닥터 벤 W. 코작과의 만남을 제안드리고자 합니다. 벤은 제약 회사에서 신약 개발을 지휘하고 있으며 현재 마카오에서 열리는 세미나에 참석 중입니다. 괜찮으시다면 헬리콥터를 타고 마카오로 빠르게 이동할 수 있습니다. 25분 정도 걸리며, 오늘 늦은 오후에 벤과 함께 저녁 식사를 하며 대화할 수 있습니다."

닥터 XG는 더 많은 통찰력을 얻을 벤과의 미팅 기회를 받아들였다. 수잔과 XG는 헬리콥터를 타고 마카오의 한 카지노 호텔로 이동했다. 그곳에서 닥터 벤 W. 코작이 그들을 기다리고 있었다. 샤토 마르고Château Margaux 와인과 여러 코스로 이루어진 프랑스 요리를 곁들여 세 사람은 GERHQ의 프로젝트와 협력에 대해 깊이 있는 대화를 나누었다.

벤은 글로벌 제약 회사에서 항암제 임상 개발을 이끄는 수석 부사장이자 기업 연구소 책임자로서 XG가 신약 후보 물질을 찾기 위해 근무하는 우한 바이러스 연구소의 연구 파이프라인에 많은 관심을 보였다. 벤은 대규모 글로벌 3상 임상시험을 수행하는 데 수반되는 여러 도전적인 과정에 대해 설명하며 수많은 피험자와 연구자를 관리하는 데 따르는 복잡성과 그 어려움을 설명했다.

XG는 우한 연구소에서 주로 신약 후보 물질의 초기 단계 연구에 집중하고 있기 때문에 글로벌 임상시험을 위한 다수의 공급업체와의 협력과 임상시험 도중 자주 발생할 수 있는 함정들을 헤쳐 나가는 방법 등 3상 임상시험의 복잡성에 관한 벤의 설명을 진지하게 들었다. 엄청난 자원과 예산으로 진행되는 글로벌 임상 3상 업무 규모는 경험하지 못한 XG에게는 압도적으로 느껴졌다.

핵심 문제에 도달하며 벤은 GERHQ에서의 자신의 역할을 공유했다.

"저는 현재 회사에서 풀 타임으로 일하면서 GERHQ 프로젝트에도 제 경험과 재능을 기부하고 있습니다. 제가 제공하는 전문 지식이 대단한 것은 아니지만 GERHQ 프로젝트를 올바른 방향으로 이끌어 지구 지속 가능성 문제를 해결하는 데 도움을 줄 수 있기를 바라고 있습니다."

벤은 GERHQ에서의 활동이 자신의 현재 역할과 보완적으로 작용하면서 자신이 공감하는 GERHQ 사명에 영향을 미칠 수 있게 되는 방식에 대해 설명했다. 이 토의는 XG의 내면에서 점점 커지고 있던 자신의 삶의 목적을 확장하려는 조용한 열망과 GERHQ에 가입하여 이를 실현하는 생각과 맞아 들어갔다.

수잔은 말을 이어갔다.

"GERHQ는 공공의 이익을 위해 해결해야 할 어려운 문제들을 실제로 해결할 수 있도록 프로젝트를 효과적으로 수행할 수 있는 다양한 분야의 전문 지식을 가진 경험 많은 인재들이 필요합니다.

돈을 쫓는 기업들은 주변 이해관계자들을 달래야 하기 때문에 지구 지속 가능성을 위한 순수한 프로젝트는 수익성 문제 때문에 우선순위에서 밀어내야 하는 반면, 정부와 공공 조직들은 관료적 절차와 과학적, 사업적 전문성 부족으로 인해 공공을 위한 프로젝트 수행에 어려움을 겪고 있습니다. 바로 이러한 이유로 GERHQ는 상업적 기업과 정부 조직의 어려운 점을 보완하면서 양쪽의 자원을 효율적으로 활용하기 위한 협력적인 공공-민간 파트너십을 구축하는 것입니다.

닥터 XG, 만약 GERHQ 회원으로 가입하기로 결정하신다면 지구와 인류를 구하기 위해 헌신하는 다른 전문가들과 함께 가치 있는 프로젝트에 참여할 기회를 가지실 것입니다. 이 참여는 또한 GERHQ가 필요한 지원을 제공함으로써 당신의 개인적인 경력 성장에도 도움을 줄 것입니다."

이어서 벤이 말했다.

"지난 몇십 년 동안 생명과학기술은 전례 없는 속도로 발전했습니다. 우리는 항생제, 생명의 기본 분자 요소인 DNA/RNA, 인간 게놈지도 완성, 전자 현미경, 마이크로 RNA, 나노기술, 세포내 약물 전달, 유전공학기술과 같은 놀라운 발전을 목격했습니다.

GERHQ는 각각 자신만의 전문 분야를 깊이 연구하며 풍부한 연구 능력을 보유한 국제 전문가 팀을 연결하고 있고, 우리는 이들에게 프로젝트 수행을 위한 지원을 제공할 수 있습니다. 진주가 하나씩 꿰어져 우아한 목걸이를 완성하는 것처럼 GERHQ 테두리 내에서 분야별 전문성이 함께 모아진다면 이전에는 분리되어 통합되지 않았던 지식과 기술을 결합하여 더 큰 시너지를 만들 수 있습니다. 이는 GERHQ를 통해 지구와 인류를 위한 놀라운 해결책을 만들 수 있는 큰 기회입니다.

닥터 XG, 실험실 제작 mRNA가 mRNA에 암호화된 유전 정보를 통해 생체 내에서 필요한 단백질 생산을 유발할 수 있다는 최근 논문을 아마 보셨을 것입니다. 그러나 이 기술을 생체에 이용하려면 mRNA를 인체 세포로 운반할 적절한 전달체를 개발해야 합니다. 또한 실험실 제작 mRNA와 그 전달체가 세포에 제대로 들어갔는지 시각적으로 확인할 수 있는 나노 광학 장치도 필요합니다.

그리고 임상시험을 통해 mRNA가 유전자 암호 지시에 따라 체내에서 목표한 단백질을 정확히 생산하고 있는지 확인하고, 만약 이것이 가능하다면 인간에게 응용할 임상시험 연구를 기획할 수 있습니다. 이를 달성하기 위해 GERHQ는 외부 전문가들의 기술적 자문을 받아 실험실 제작 mRNA 시제품을 만들어야 합니다. 그 시제품이 준비되면 상업적 기업 및 정부 조직과 협력하여 나노기술 기반 약물 전달 시스템과 결합된 mRNA 약물을 개발할 것입니다.

공동 연구는 관련된 세 당사자가 각각의 목표를 달성할 수 있도록 도울 것입니다. 기업은 시장성 있는 제품으로 수익을 얻고, 정부 조직은 혁신적인 연구를 지원한 공로를 인정받을 수 있습니다. 그리고 GERHQ는 인류를 위한 획기적인 의약품 개발을 실현할 수 있을 것입니다. 우리는 삼자가 모두 만족할 수 있는 이 협력을 매우 간절히 기대하고 있습니다."

수잔과 벤의 설명에 깊이 공감한 XG는 GERHQ 회원 가입에 서명했다. 그는 자신의 일상 업무를 계속하기 위해 우한 바이러스 연구소로 돌아간 후에도 수잔과 온라인으로 소통하며 프로젝트 진행 관련 기술에 대한 업데이트를 주고받았다. XG는 신약 후보 물질 발견과 동물 실험을 넘어 약물 개발의 전체 과정을 처음부터 끝까지 습득할 기회를 얻는 것에 대해 흥분을 느끼며 GERHQ의 최종 연구 프로젝트 제안을 기다렸다.

중국의 생명과학 산업이 급격히 발전함에 따라 XG는 GERHQ 프로젝트에서 일할 기회를 활용하고자 했으며, 자신의 분야에서 중국을 대표하는 전문가로 자리 잡고 더 많은 기회를 얻는 것을 꿈꿨다. 그는 새로운 약물 개발 분야에서 중요한 영향을 미치고자 하는 비전에 영감을 받아 연구소와 기업 간을 오가며 연구에 매진했다.

제3장

급격한 인구 증가를 통제할 도구를 찾다

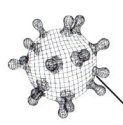

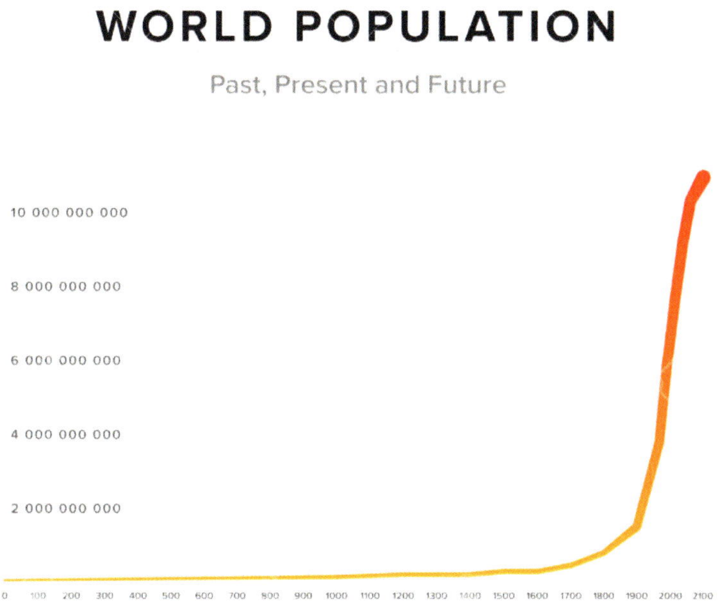

GERHQ 이사회와 초청된 전문가 그룹은 많은 연구와 논의 끝에 지구 생태계의 균형과 남아 있는 자원을 보존하기 위해서 인구 감소가 가장 효율적이고 중요한 전략이라는 결론에 도달했다. 현재 세계 인구는 82억 명에 달하며 2050년까지 100억 명에 이를 것으로 예상되는데, 이는 지구의 지속 보전을 위해 너무 늦기 전에 해결해야 하는 가장 큰 문제로 다룬다.

수잔은 AI 기반 연구와 계산을 통해 인구 감소의 필요성을 정당화하기 위한 연구 보고서를 작성했다. 인류의 역사적 기록에 따르면 800년대 초반에 10억이었던 인구가 900년대 중반에 20억으로 증가하는데 120년 이상이 걸렸다. 그런데 20세기의 과학기술 혁신과 경제 성장으로 인해 세계 인구 증가는 급격히 가속화되었다.

1970년대 이후 세계 인구는 12~13년마다 10억 명씩 증가했다. 2011년에 70억 명을 넘어선 이후 세계 인구는 단 11년 만에 10억 명이 증가하여 2022년에 80억 명에 도달했다. 2024년 현재 인구는 82억 명에 이르러 자원의 관점에서 지구의 한계에 압박을 가하고 있는 것이다.

최근 몇 년 동안 기후 변화와 지구 온난화는 대중 관심의 중심으로 자리 잡았다. 기후 변화와 지구 온난화가 이제는 지방자치단체나 국가들이 작업하는 먼 목표로 여겨지던 주제가 아니라 전 세계 사람들에게 직접적인 재난 경험으로 나타나고 있다. 북극 얼음의 녹음, 점점 더 뜨거워진 연장된 여름 기간, 상승하는 해수 온도, 더 강력해진

허리케인과 태풍은 모두 기후 변화의 심각한 영향을 보여주고 있다. 급격한 산업화와 화석 연료 의존은 분명히 나쁜 환경적 결과를 초래했다. 북극 얼음의 녹음과 생태계의 변화는 기후 변화의 광범위한 영향을 나타내는 뚜렷한 지표다. 와인 생산 지역의 사막화와 열대 과일이 동북아시아에서 재배되는 등 생계를 유지하기 위해 인간이 근본적으로 의존하는 농업 지역의 예측 불가능한 변화는 이 문제를 해결해야 할 긴박성을 강조한다.

이러한 깊고 예기치 않은 변화에 적시에 대처하려면 적극적인 집단행동과 혁신적인 해결책이 필요하다. 지구 지속 가능을 위한 실천을 우선시하고 최첨단 기술을 활용하여 이러한 문제를 완화하는 것이 중요한 것이다. 글로벌 협력을 촉진하고 포괄적인 전략을 구현함으로써 우리는 미래 세대를 위해 지구를 보존하기 위한 노력을 해야 한다. 지구는 2050년까지 약 100억 명의 인구를 수용할 것으로 예상되며 이는 지구에 심각한 자연 재해를 유발할지 모르는 감당하기 어려운 인구 수인 것이다."

AI 기반 검토는 다음과 같은 추가 역사적 맥락을 제공했다.

"지구 온난화에 대한 논의는 1896년에 스웨덴 과학자 스반테 아레니우스Svante Arrhenius가 이산화탄소 CO_2 농도가 증가하면 지구의 온도가 상승할 수 있다는 이론을 제시하며 시작되었습니다. 기후 변화에 대한 본격적인 연구는

20세기 중반에 가속화되었으며 1988년 유엔은 기후 변화와 지구 온난화에 대한 과학적 평가를 수행하기 위해 기후 변화에 관한 정부 간 협의체IPCC를 설립했습니다.

오늘날 Arrhenius의 이론은 과학자들 사이에서 널리 받아들여지고 있으며 앨 고어Al Gore가 2006년에 〈불편한 진실An Inconvenient Truth〉로 미국 대중에게 촉구했던 것이 이제는 대부분의 미디어 채널에서 너무 자주 보고되는 사례들과 함께 받아들여지는 진실이 되었습니다. 전 세계적으로 기후 변화의 증가하는 가시성과 영향은 부정할 수 없으며, 매우 긴급하다는 것이 분명합니다.

1974년 헨리 키신저Henry Kissinger는 'Great Reset'이라는 용어를 사용하며 15%의 세계 인구 감소를 제안했고, 이는 인구 증가와 환경 지속 가능성의 얽힌 우려를 강조했습니다."

AI 지원 연구를 기반으로 한 보고서는 즉각적인 행동이 필요한 주요 문제들을 추가로 설명한다. 지구의 기후와 생태계 지속 가능성은 다음의 세 가지 주요 분야로 분류될 수 있다.

지구 온난화, 기후 변화, 대기 오염

- 산업, 농업, 축산업에서 배출되는 이산화탄소와 메탄의 증가가 지구 온난화를 가속화하고 있음.
- 화석 연료의 사용은 지구 온난화를 더욱 악화시키고 심각한 대기 오염을 초래함

생물 다양성 감소

- 도시화와 농업 확장으로 인한 산림 벌채로 많은 종의 서식지가 파괴되고 있음.
- 기후 변화는 수많은 종의 멸종을 초래하며 이는 생태계를 교란하고 결국 인류에 큰 피해를 미치고 있음.

물 부족과 천연자원의 고갈

- 기후 변화와 급격한 인구 증가로 인해 물 부족과 천연자원의 고갈이 발생하고 있음.

수잔은 AI 기반 연구를 계속 진행하며 부정적 영향을 가장 효과적으로 완화할 수 있는 잠재적 해결책과 전략을 탐구하는 한편 GERHQ 회원들의 지식과 기술을 분야별로 통합하는 작업을 수행했다. 그들의 노력이 결합되어 GERHQ는 임박한 지구 지속 가능성 문제에 대한 가장 과학적인 평가와 가장 실현 가능한 공격적인 해결책을 제시했다.

그들의 주요 권장 사항에는 소형 모듈형 원자로SMR를 통한 화석 연료 소비 감소, 식물 기반 식단과 실험실에서 배양한 고기의 보급을 통한 가축 소비 감소, 그리고 정책 입안자들이 전 세계적으로 경제 분석과 의사 결정 과정에 탄소의 사회적 비용Social Cost of Carbon, SCC을 통합하도록 촉구하는 노력이 포함되었다. 그러나 보고서는 현재 환경 영향을 줄이기 위해 더 많은 추가적인 전략이 필요하다는 점도 인정하고 있다.

환경 영향의 전략적 감소를 위한 추가 영역은 다음을 포함한다.

재생 가능 에너지 확대

재생가능 에너지원(태양광, 풍력, 수력, 지열 등)에 투자하고 그 사용을 확대하며 재생 가능 에너지를 효율적으로 분배하기 위해 스마트 그리드의 도입을 장려함.

에너지 효율성

건물, 가전제품, 차량에 대한 엄격한 에너지 효율성 기준을 시행하며 에너지 효율적인 기술의 개발과 사용을 촉진함.

산림 재조림 및 조림

대규모 재조림 및 조림 프로젝트를 시작하여 CO2를 흡수하고 생태계를 복원하며 생물 다양성을 증가시킴. 지속 가능한 산림 관리 관행을 지원함.

폐기물 관리

매립지 사용을 줄이고 재활용률을 높이며 폐기물을 에너지로 전환하기 위한 첨단 폐기물 관리 시스템을 개발하며, 제로 웨이스트 이니셔티브를 촉진함.

지속 가능한 농업

환경 영향을 줄이는 지속 가능한 농업 관행(유기농업, 퍼머컬처, 농업 임업 등)을 촉진하며 가뭄 저항성과 높은 수확량의 작물을 연구하는 것을 지원함.

물 보존

물 사용을 줄이기 위한 물 보존 기술을 구현하며 회색 물 시스템과 빗물 수집 등 효율적인 관개 방법의 사용을 장려함.

교육과 옹호 활동

환경문제에 대한 대중의 인식과 교육을 증대시키고 개인의 탄소 발자국을 줄이는 책임 있는 소비와 라이프스타일 변화를 장려함.

정책 및 규제

지역, 국가, 국제적 수준에서 더 강력한 환경 정책과 규제를 옹호하며 기존 환경 법률의 시행을 지원함.

혁신과 연구

환경 영향을 완화할 수 있는 새로운 기술(탄소 포집 및 저장, 생물공학 솔루션 등)의 연구 개발에 투자함.

도시 계획

환경 영향을 줄이는 지속 가능한 도시 계획 관행(친환경 건축 설계, 대중교통 시스템, 녹지 공간 포함)을 촉진함.

수잔은 모든 문제를 통합적으로 해결할 수 있는 포괄적인 해결책을 찾기를 바라며 AI 기반 연구를 활용하여 전략을 만들어 나갔다. 모든 문제를 나열하고 비교를 했을 때 문제들의 가장 공통된 요인으로 '빠른 인구 증가'가 식별되었다. 폭발적으로 빠른 인구 증가율이 자원 고갈, 산업 오염, 기후 변화, 생태계 교란 등 전반적으로 미치는 엄청난 영향을 인식한 그녀는 인구 증가 통제를 위한 방법을 탐구하기 시작했다.

인구 증가 통제 전략

교육과 권한 부여

- 여성 교육: 여성과 소녀를 위한 교육에 투자. 교육 수준의 향상은 낮은 출산율과 연관이 있음.
- 생식 건강 교육: 종합적인 생식 건강 교육을 제공하여 정보에 기반한 가족 계획 결정을 촉진함.

가족 계획 접근성

- 피임약 이용 가능성: 저렴하고 효과적인 피임약에 대한 광범위한 접근을 보장함.
- 의료 서비스: 가족 계획 및 생식 건강을 지원하기 위해 의료 서비스를 강화.

경제적 유인책

- 세제 혜택 및 보조금: 자녀가 적은 가족에게 세제 혜택 및 보조금을 제공.
- 여성을 위한 일자리 기회: 여성의 경제적 기회를 창출. 고용 증가와 낮은 출산율이 연관이 있음.

법적 조치

- 가족 규모에 대한 정책: 작은 가족 규모를 장려하는 정책을 시행.
- 부모 휴가 및 보육 지원: 대가족의 경제적 부담을 줄이기 위해 적절한 부모 휴가와 보육 지원을 제공.

공공 인식 캠페인

- 미디어 캠페인: 인구 증가가 환경에 미치는 영향을 알리기 위한 미디어 캠페인을 진행.
- 커뮤니티 참여: 지속 가능한 가족 규모와 자원 관리를 논의하기 위한 커뮤니티 참여.

환경 교육

- 지속 가능성 프로그램: 학교 교과 과정에 환경 지속 가능성을 포함하여 보존 문화를 육성.
- 워크숍 및 세미나: 인구 증가와 환경 악화 간의 연관성에 대해 대중을 교육하기 위한 워크숍과 세미나를 조직.

수잔은 인구 증가를 해결하고 미래 세대를 위한 지속 가능성을 회복할 수 있는 적극적인 해결책을 찾기 위해 AI를 활용한 연구와 추가 조사를 계속 진행했다.

AI: 첫 번째 옵션

공상 과학 시나리오로 화성으로 인간이 이주하는 개념이 제시됩니다. 인간의 화성 착륙은 실현 가능하지만 장기적 또는 영구적인 거주에는 엄청난 도전이 있습니다. 화성의 평균 온도는 영하 63도이며 얇은 대기는 거의 산소를 포함하지 않습니다.

화성에서 인간 생활의 가능성을 탐구하기 위해 과학자들은 화성을 테라포밍하기 위한 기술을 연구하고 있습니다. 그들은 대기를 따뜻하게 하고, 얼음을 녹여 흐르는 물을 생성하며, 광합성이 가능한 미생물을 도입하여 산소를 생성하는 것을 목표로 하고 있습니다. 이 과정은 화성 내 물질과 에너지 상태를 변화시켜 엔트로피를 증가시키는 것을 목적으로 합니다. '엔트로피Entropy'라는 개념은 'en(에너지)'과 'trop(흐름)'을 결합하여 에너지 흐름을 본질적으로 나타내며, 엔트로피는 변화가 발생하면 일정하거나 증가한다는 이론과 일치합니다.

시카고 대학의 박사 과정 학생인 사마네 안사리Samaneh Ansari의 연구는 지구 온난화와 화성 테라포밍 가능성 사이의 매혹적인 교차점을 제공합니다. 연구자들은 화성에서 인위적으로 온실 효과를 만들어 온도를 충분히 올려 얼음을 물로 녹이고 식물이 성장할 수 있는 조건을 마련하는 것을 목표로 합니다.

화성 먼지에 풍부한 철과 알루미늄으로 만들어진 길이 9마이크로미터의 금속 나노로드를 사용하는 방법이 유망합니다. 컴퓨터 시뮬레이션에 따르면, 이러한 나노로드 200만 톤을 지면에서 10~100미터 위 대기에 주입하면 온도를 크게 올릴 수 있습니다. 몇 달 만에 온도가 10도 상승할 수 있으며, 몇 년 안에 최대 30도까지 상승할 가능성이 있습니다. 이산화탄소가 증발하면서 대기압이 몇 달 안에 최소 20% 상승할 수 있으며, 장기적으로는 두 배로 늘어날 수 있습니다. 먼지보다 나노로드의 침강 속도가 느리기 때문에 더 오래 지속되는 온난화 효과를 제공합니다.

이러한 연구 결과는 금속 나노로드가 화성을 따뜻하게 만드는 데 효율적일 수 있음을 보여주며, 현지에서 조달 가능한 재료를 활용할 수 있습니다. 지구 온난화를 유발하는 온실 효과에서 영감을 얻은 화성 테라포밍 접근 방식은 화성을 인간 생활에 보다 적합하게 만드는 혁신적인 가능성을 엿볼 수 있게 해줍니다.

그러나 현재 상태에서는 화성이 인간 생활에 적합하지 않은 수많은 과제를 제시하고 있습니다. 낮은 산소 수준, 훨씬 낮은 대기압, 오존층의 부재, 그리고 독성이 있는 토양과 같은 지구와 화성 간의 뚜렷한 차이점으로 인해 단순히 화성의 온도를 올리는 것은 해결책이 아닙니다.

연구자들은 온도 상승이 훨씬 더 큰 퍼즐의 한 부분일 뿐이라는 점을 인식합니다. 화성 조건에서 생존할 수 있도록 유전적으로 최적화된 미생물을 도입하는 아이디어는 흥미롭습니다. 이러한 미생물이 정착할 수 있다면 결국 식물의 성장을 위한 길을 열 수 있을 것입니다. 그러나 이 과정은 상당한 시간과 노력을 필요로 하며, 현실적으로 지구의 빠른 인구 증가와 환경 문제에 대한 단기 해결책보다는 장기적인 비전입니다.

화성에서 살기 좋은 환경을 보장하려면 화성을 따뜻하게 만드는 것 이상이 필요합니다. 지속 가능한 대기, 적합한 토양 조건, 그리고 신뢰할 수 있는 물 공급원을 만드는 것이 필요하며 이는 모두 엄청난 노력과 과제를 수반합니다. 화성 테라포밍 개념은 매혹적이지만 지구의 빠른 인구 증가에 대한 단기 해결책으로는 아직 분명히 적합하지 않습니다.

AI: 두 번째 옵션

두 번째 옵션은 좀 더 어두운 영역으로 들어가는 것 같습니다. 마치 디스토피아적 이야기처럼 말입니다. 역사적으로 인구를 급격히 줄여야 한다는 필요성이 제기될 때 제3차 세계 대전의 개념이 극단적이지만 불가피한 생각으로 떠오릅니다. 이는 악몽과 같은 이야기입니다. 핵무기 사용으로 제2차 세계 대전 때 히로 시마와 나가사키에 대한 원자 폭탄 투하보다 몇백배 더 큰 파괴를 초래할 것입니다. 추정에 따르면 이러한 전쟁은 세계 인구의 30%를 즉시 소멸시킬 수 있으며 또 다른 30%는 강렬한 방사선 노출로 인해 발생한 질병으로 사후에 사망할 것입니다. 이 암울한 예상은 핵무기를 사용한 제3차 세계 대전 이후 세계 인구가 60%까지 감소할 수 있음을 시사합니다. 이 종말론적 시나리오는 단순히 인구 감소로 끝나는 것이 아니라 호모 사피엔스의 멸종을 의미할 가능성이 있습니다. 그 참혹한 결과를 고려할 때 이 방법은 인류를 위한 진정한 고려의 영역을 훨씬 넘어서는 생각할 수 없는 고통스러운 마지막 사건일 것입니다.

AI: 세 번째 옵션

세 번째 옵션은 생물학적 도구를 사용하여 인구 증가를 억제하는 비혁명적 접근 방식을 탐구할 수 있습니다. 역사를 통틀어 살아있는 생물체는 생존하기 위해 환경 변화와 외부 자극에 따라 유전적 진화를 통해 적응해 왔습니다. 인간도 예외가 아니며, 유전적 변화를 통해 환경 변화와 외부 자극에 자연스럽게 적응해 왔습니다.

생물이 외부 자극에 반응하는 방법은 다양합니다. 생물에 어떤 작은 자극이 서서히 점진적으로 도입되면 그 생물은 자극에 알맞게 대응하는 느린 적응 과정을 거쳐서 생존합니다. 이러한 생물학적 시스템의 고유한 적응성을 활용하여 느리고 점진적인 자극을 사용하는 것은 급진적인 조치로 인한 재앙적 결과 없이 인구 증가를 관리할 효율적인 방법이 될 수 있습니다.

1953년 제임스 왓슨James Watson이 DNA의 이중 나선 구조를 발견함으로써 생물학계는 DNA가 생체 안에서 다양한 아미노산의 생성을 지시하는 유전자 코드라는 통찰력을 얻었습니다. 기본적으로 DNA의 네 가지 염기인 아데닌(A), 티민(T), 사이토신(C), 구아닌(G)의 다양한 콤비네이션(조합)에 따라 다양한 아미노산이 코딩이 되고, 또 코딩된 아미노산의 콤비네이션으로 다양한 단백질이 합성되고, 이렇게 합성된 단백질들은 여러 형태로 구성이 이루어져서 다양한 생명체가 만들어져서 이 세상에는 헤아릴 수 없는 만큼 많은 생명체가 존재합니다.

이 생물학적 교향곡은 음악의 7개의 음계(do, re, mi, fa, sol, la, si)를 사용하여 음악을 작곡하는 것에 비유될 수 있습니다.

이것은 인간이 '도 레 미 파 솔 라 시'의 7개 음을 이용한 다양한 콤비네이션으로 우주 속의 별만큼이나 많은 음악과 노래를 만들어내는 것과 비교가 될 수 있는 것입니다. 줄리 엔드루스Julie Andrews가 주연한 영화〈사운드 오브 뮤직〉에 나온 대사가 생각나시죠?

Do, a deer, a female deer
Ray, a drop of golden sun
Mi, a name I call myself
Fa, a long long way to run
Sew, a needle pulling thread
La, a note to follow Sew

Tea, a drink with jam and bread

That will bring us back to Do

'도 레 미 파 솔 라 시'의 7개 음의 콤비네이션으로 만들어진 많은 음악과 이미 만들어진 그 많은 오리지널 음악에 약간의 다른 작은 변형을 줌으로써 수많은 또 다른 음악을 만들 수 있는 것처럼 생명체의 유전인자 서열에 작은 변화를 주는 코딩 편집을 이용하여 생체 내에 수많은 변형을 가져올 수 있는 것입니다. 이런 식으로 만들어진 유전자 변형 동물은 이미 상용화되어 실험 대상으로 다양하게 이용되고 있습니다. 유전자 변형 동물들은 나름대로 그 변이된 몸 상태에 적응해서 살며 그 자손들도 그 유전정보에 따라 만들어진 생체에 적응해서 그들의 삶이 이어질 것입니다.

아직 인간에게 급격한 유전자의 변화로 인한 생체의 적응도가 검정된 적이 없습니다. 하지만 인간도 환경의 자극에 적응해 살기 위해서 미세한 유전적인 변이를 통해 생체를 서서히 적응시키며 진화해 왔음을 알아야 합니다. 미래에도 인류에게 외부로부터의 어떤 작거나 큰 자극이 주어진다면 인간의 몸은 그에 대한 적응을 위해 생체의 적절한 유전적인 변화를 모색할 것입니다.

그러니 인구 감축을 위한 어떤 생물학적 혹은 유전적인 자극이나 충격에 대해 인간은 단기간 동안은 어느 정도의 혼란을 겪을 것으로 예상이 되나 장기적으로는 어려움은 극복이 되고 적응이 된 인류의 삶은 지속될 것입니다.

이런 시나리오는 어떨까요? 예를 들면 암컷 모기가 유전자 변형을 시킨 수컷과 교미를 하면 태어나는 암컷 모기 새끼들에게 불임 유전자가 코딩되고 퍼져나가서 결국은 전체 모기 수의 감소를 시킨다는 이론에 근거하는 것입니다. 이와 같은 이론은 급격한 인구증가를 조절하기 위해 인간에게도 적용이 가능할 것입니다. 즉 인간이 즉각 느끼지 못하게 인간 세포내의 목표된 유전자에 작은 변형을 주는 것입니다. 생식과 관련된 유전자 목표지점을 잘 파악해서 연구를 하면 목표된 유전자 변형은 가능할 것으로 보입니다.

수잔이 말했다.

"음악 작곡과 비교하여 생명체의 미세한 유전자 변형 가능성에 대한 상세한 설명은 분자생물학에 무지한 저에게 큰 도움이 되었습니다. 다양한 생명체를 탄생시키는 생물학적 교향곡이란 단어가 흥미롭습니다.

지금 우리가 필요한 것은 아마 독특하고, 낯설며, 다소 두려운 해결책을 실행할 용기일 것입니다. 현재 지구의 상태는 해결을 위한 충분한 지식을 가진 인간들이 행동할 용기가 부족했던 결과라고 봅니다. 이 혼란을 그대로 방치한다면, 상황은 더욱 더 악화되어 전례 없는 재앙이 지구의 생태계와 인간 생명을 손상시킬 것입니다."

이에 GERHQ 이사회 측의 질문은 다음과 같았다.

"그렇다면 인구 감소를 위해 세 번째로 제시된 방법인 생물학적 도구를 다룰 수 있는 능력이 있습니까?"

"우리는 GERHQ의 세계 최고 수준의 회원 풀로부터 프로젝트 수행을 위한 팀을 구성할 수 있습니다. 즉 최고의 유전공학 전문가들의 도움이 필요할 것입니다. 이들은 세포 내 표적 유전자에 작은 변화를 유도하기 위해 그에 맞는 mRNA를 합성할 것입니다. 또한 합성된 mRNA를 세포로 운반할 LNP 전달체를 설계할 약물 전달 기술 전문가, mRNA와 LNP 전달체를 묶은 시제품을 제작할 과학자, 그리고 최종 mRNA/LNP 제품을 대량 생산하기 위한 특화 시설을 관리할 제조 전문가들이 필요합니다.

팀을 구성하고 리더를 선택한 후에는 생산 및 유통의 모든 단계를 묶어 전체 실행 계획을 만들 것입니다. GERHQ는 글로벌 제약 회사와 계약을 맺어 mRNA/LNP 제품에 대한 임상시험을 수행하고 인간에 그 약물 접종을 위한 FDA 승인을 확보할 것입니다. 이 회사는 또한 글로벌 시장에서 제품 판매를 위한 대량 생산을 처리할 것입니다."

"다음 질문은 표적 유전자를 효과적으로 변경하기 위해 단기간에 전 세계 인구의 상당 부분에 mRNA 약물을 투여해야 할 것인데 어떻게 단기간에 전 세계적인 약물 투여를 할 수 있는가 하는 것입니다. 모기 실험의 성공 모델을 복제하려면, 1~2년 내에 전 세계 인구의 최소 50%에 약물을 투여해야 할 것인데 이는 굉장히 도전적인 목표입니다."

"이렇게 대규모로 mRNA/LNP 약물을 단기간에 투여하는 것은 정말 어려운 일입니다. 그러나 우리는 목표에 도달할 수 있는 해결책을 마련하기 위해 전략을 세울 것입니다. 우선 제약 회사, 정부 및 국제 보건 기구와의 글로벌 파트너십을 활용하여 약물 배포 및 투약을 용이하게 할 필요가 있습니다.

그리고 클리닉, 병원, 이동식 보건소와 같은 기존의 의료 인프라를 활용하여 약물을 투여할 수 있습니다. 또한 대규모 공중보건 캠페인은 국민들에게 mRNA/LNP 약물 접종에 대해 교육하고 장려하는 데 필수적입니다. 영향력 있는 지역 사회 지도자들과 미디어 채널과 협력하여 mRNA/LNP 약물에 대한 인식을 확산시켜야 하겠습니다.

프로세스를 가속화하기 위해 mRNA/LNP 약물을 정기 예방접종 프로그램에 통합하여 기존 채널을 통해 널리 보급하는 것을 고려할 수 있습니다. 우리가 작업하는 규모는 전례가 없는 대규모이지만 GERHQ의 전문성과 혁신적인 해결책으로 이 도전적인 과제를 완료할 수 있을 것이라고 자신합니다."

제4장

글로벌 규모 백신 접종 시행을 위한 토론

수잔이 말했다.

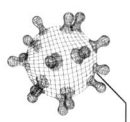

"1~2년 내에 전 세계 인구의 50% 이상에게 새로 개발된 mRNA/LNP 약물을 보급할 수 있는 방법에 대한 답을 찾기 위해 저는 인구 증가와 감소의 역사를 다룬 많은 학술 문헌을 다음과 같이 조사하여 보고합니다."

인류 문명의 시작과 인구 증가

고고학적 기록에 따르면 호모 사피엔스 종은 약 1만 년 전 농사를 시작하면서 본격적으로 번성하기 시작했다. 역사적 증거는 신석기 시대에 메소포타미아, 이집트, 인더스 계곡, 황하 지역에 다양한 문명이 등장했다는 것을 보여준다. 약 기원전 4000년경 농업 사회가 형성되면서 세계 인구는 빠르게 증가하여 기원전 1000년까지 1,500만 명에서 5,000만 명으로 성장했다.

기원후 시대로 접어들면서 로마와 중국 한나라의 인구는 각각 약 2억 명에 이르렀다. 18세기와 19세기의 첫 번째 산업 혁명, 그리고 20세기 초의 두 번째 산업 혁명은 인구를 기하급수적으로 증가시켜 20억 명에 달했다. 이 급격한 성장은 2000년까지 세계 인구를 60억 명으로, 2022년에는 80억 명으로 급증시켰다. 인구증가 속도가 점점 더 빨라진 이유는 농업 및 산업 생산의 발전과 의학 및 과학기술, 공중 보건 인프라, 영양, 질병 관리의 혁신적인 발전 때문이었다.

인구 증가의 원인을 이해한 수잔은 인구 감소의 요인을 이해하기 위해 문헌 연구를 계속 진행했다.

인구 감소의 역사

역사적으로 인구 감소는 전쟁, 홍수와 가뭄 등으로 인한 기근, 그리고 가장 두드러지게는 전염병과 같은 요인에 의해 발생했다.

박테리아로 인한 인구 감소- 흑사병

이러한 요인 중에서도 역사적 기록에 따르면 흑사병은 인류 역사상 가장 파괴적인 전염병으로 14세기부터 18세기까지 약 300년 동안 전 세계적으로 전례 없는 어려움을 초래했다.

흑사병은 단순히 인구를 줄이는 것에 그치지 않고 사회 및 경제적 시스템의 붕괴를 초래하여 이미 불행한 사람들을 더 깊은 혼란 상태로 몰아넣었다. 많은 지역에서 이 전염병은 통치 기반을 약화시키고 권력 투쟁과 정치적 격변을 초래했다. 예를 들면 흑사병은 몽골 제국의 붕괴와 중국의 원나라가 명나라로 대체된 역사적인 사건에 영향을 미쳤던 것이다.

기록에 따르면 흑사병黑死病, Black Death, Pestilence, Great Plague, Plague, Black Plague은 14세기 유럽에서 7,500만에서 2억 명의 목숨을 앗아간 인류 역사상 최악의 팬데믹이었다. 흑사병으로 인해 13세기 후반에 중국의 인구는 대략 1억 2,000만 명에서 6,000만 명으로 급감했고 14세기에는 중국의 인구 중 약 30%가 사망했다.

15세기 후반 및 16세기 초반에도 흑사병은 주기적으로 재발하며 유럽 인구에 지속적인 영향을 미쳤고 이 시기에도 많은 사람들이 흑사병으로 사망했다.

흑사병 이전의 세계 인구는 4억 5,000만 명 정도로 추산되는 데 반해 14세기를 거치며 세계 인구는 3억 5,000만 명~3억 7,500만 명 정도로 거의 1억 명이 줄었고 흑사병으로 인해 줄어든 세계 인구는 17세기가 되어서야 이전 수준까지 회복될 수 있었다.

당시 유럽에서는 흑사병이 왜 생기는지 원인을 몰랐기 때문에 거지, 유대인, 한센병 환자, 외국인 등이 흑사병을 몰고 다니는 자들로 몰려서 집단폭력을 당하거나 심지어는 학살을 당하기도 해 왔던 것이다.

흑사병이라는 이름은 1883년에 붙여졌는데 피부의 혈소 침전에 의해 피부가 검게 변하는 증상 때문에 붙여진 이름이었다. 증상이 더욱 진행되면 검게 변색된 피부 부위에 괴저가 발생하고, 죽음에 이르게 되었다.

중세 유럽과 아시아 지역에 퍼진 흑사병으로 전체 인구의 1/3 정도가 사망을 했고 경제적 사회적 문화적 충격 및 인종간의 갈등이 일어났던 역사상 유래가 없었던 큰 재앙을 가져왔던 역병이었으나 그 원인은 흑사병 시작 이후 수백년이 지난 1894년에 프랑스의 세균학자 알렉산더 예르신Alexandre Yersin에 의해 밝혀졌다. 흑사병의 원인은 박테리아 일종인 예르시니아 페스티스Yersinia pestis가 원인균으로 이 균에 감염된 쥐의 혈액을 먹은 벼룩이 사람의 피를 빨면서 병을 옮기는 것이다. 20세기 초반에 개발된 페니실린, 스트렙토마이신 등을 비롯한 여러 항생제로 흑사병의 치료는 가능해졌고 흑사병은 더 이상 공포스러운 병이 되지 않고 있다.

바이러스로 인한 인구 감소- 1918년 스페인 독감

전 세계의 인류에게 엄청난 충격을 주었던 흑사병의 원인 균이 박테리아였는데, 바이러스로 인해 인구 감소가 있었던 역사적인 기록이 있는지 살펴보았다.

인류 역사상 가장 치명적인 팬데믹 중 하나는 인플루엔자 바이러스에 의해 발생했다. 1918년 스페인 독감은 인플루엔자 바이러스에 의해 발생했으며 전 세계적으로 약 5,000만에서 1억 명의 사망자를 초래했다. 스페인 독감을 유발한 인플루엔자 바이러스의 기원은 분명하지 않지만 많은 연구자들은 이 바이러스가 미국 캔자스에서 시작되었을 가능성이 있다고 한다. 바이러스는 제1차 세계 대전 중 미국의 병사들이 유럽 전선으로 배치되며 급속히 확산되었다.

스페인 독감에는 세 번의 주요 유행 파도가 있었다. 가장 치명적인 파도는 1918년 가을에 발생했으며, 높은 열, 심한 기침, 폐렴으로 인해 많은 생명을 앗아갔다. 특히 이 독감은 일반적으로 면역력이 약한 어린이와 노인을 대상으로 하는 일반 독감과는 달리 젊은 성인들 사이에서 높은 사망률을 보였다. 적절한 의료 치료와 격리 시스템이 부족하여 많은 사람들이 감염되고 바이러스에 의해 목숨을 잃었다.

스페인 독감 팬데믹 동안 전 세계 국가들은 여러 가지 방법으로 대응했지만 그 방법은 비교적 간단했다.

- 격리와 자가격리: 공공장소를 폐쇄하고 대규모 모임을 금지하며 감염된 사람들을 격리하는 조치를 포함.
- 마스크 착용: 바이러스 확산을 줄이기 위해 마스크 착용 권장.
- 의료 대응: 효과적인 항바이러스 약물이나 백신 없이 치료는 증상 완화에 초점.

스페인 독감은 1919년 중반 이후 점차적으로 사라지기 시작했으며 이는 아마도 바이러스의 자연적 변형 및 약화 때문으로 보인다.

글로벌 규모 백신 접종 아이디어

이 스페인 독감 역사에서 수잔은 mRNA/LNP 시제품을 전 세계 인류에게 동시에 투여할 아이디어를 가지게 된다.

수잔이 말했다.

"만약 신종 바이러스로 인한 팬데믹이 발생한다면 그 바이러스 감염에 대한 두려움이 사람들로 하여금 망설임 없이 백신을 접종하도록 할 가능성이 높습니다. 그렇다면 우리는 신종 바이러스 감염 예방을 위한 mRNA/LNP 백신에 목표로 하는 생식억제 유전자를 넣어서 전 세계적으로 짧은 기간에 대다수의 사람들에게 투여시킬 수 있습니다.

실험실에서 합성된 mRNA는 역전사를 통해 인체 내 표적된 생식 관련 DNA와 게놈을 변경할 수 있습니다. 인체 내 생식 기관과 관련된 유전자를 표적으로 삼아 백신에 생식 조절관련 유전자를 연결하여 인간에 접종시키면서 우리들의 과제가 시작되는 것입니다. 신종 바이러스 팬데믹 기간 동안 전 세계인을 대상으로 하는 백신 접종은 충분히 가능할 것입니다. 왜냐하면 바이러스 감염을 두려워하는 사람들은 거부감 없이 접종을 받을 것이니까요.

이러한 역사적 경험과 지식을 바탕으로 우리는 지구와 인류의 지속 가능성을 위해 해결할 수 있는 효과적인 실행 가능한 전략을 찾은 것 같습니다.

그러면 다음 단계로 GERHQ는 인구 감소 과제 계획을 만들고 구체적으로 실행하는 방법에 대해 논의할 것입니다. 이와 관련하여 닥터 벤 W. 코작에게 자문을 구합니다. 벤, 우리가 무엇을 해야 하는지에 대한 명확한 아이디어는 있지만 이를 구현하기 위해 분자생물학 및 유전공학 분야의 전문가인 당신의 지도가 필요합니다. 이를 실행하는 데 구체적인 도움을 제공해 주실 수 있을까요?"

바이러스 스파이크 단백질이 ACE2 수용체에 결합하여
숙주 세포로 침투하는 과정

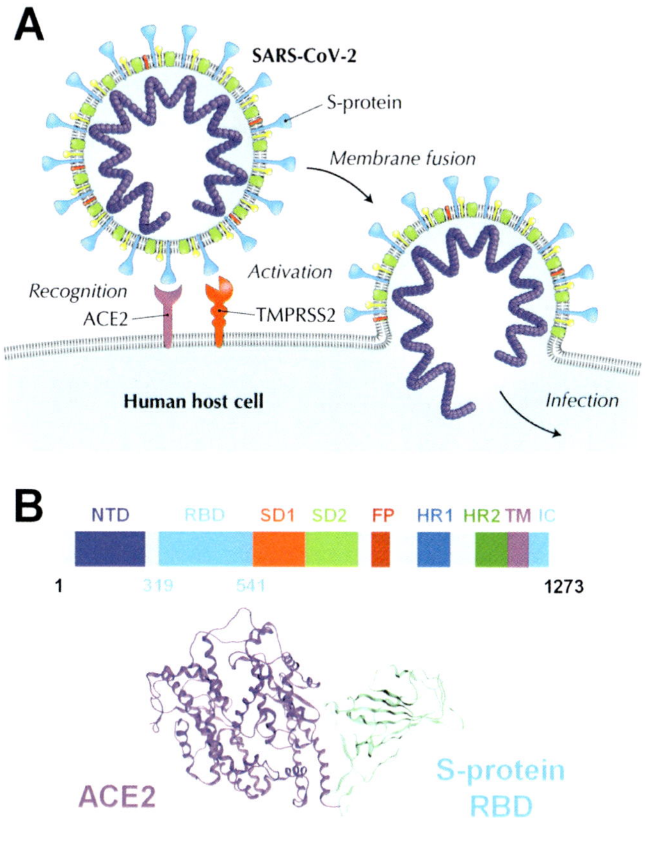

벤이 말했다.

"생물학 교과서에서 기술되어 있는 바와 같이 바이러스 스파이크 단백질이 ACE2 수용체에 결합하여 숙주 세포로 침투하는 과정은 다음과 같습니다."

스파이크 단백질은 바이러스가 숙주 세포에 진입하는 과정에서 중요한 역할을 한다. 이 구조는 숙주 세포 표면에 위치한 ACE2 수용체와 같은 특정 수용체에 붙을 수 있도록 설계되어 있다. ACE2 수용체는 폐와 신장을 포함한 다양한 조직의 세포에서 널리 발현되어 있으며, 바이러스가 세포에 침투할 수 있는 통로 역할을 한다.

- 결합 과정: 바이러스의 스파이크 단백질은 숙주 세포 표면에 있는 ACE2 수용체에 높은 친화도로 결합한다. 이 상호작용은 매우 특이하게 이루어지며, 스파이크 단백질은 열쇠가 자물쇠에 맞아 들어가는 것처럼 수용체에 정확히 맞도록 설계되어 있다.
- 막 융합: 결합 후, 바이러스는 숙주 세포막에 변화를 유도하여 융합을 촉진한다. 바이러스의 막은 숙주 세포막과 합쳐져 바이러스 유전 물질이 세포 내로 들어갈 수 있게 된다.
- 바이러스 진입: 일단 세포 내로 들어가면, 바이러스의 유전 물질은 숙주 세포의 기구를 이용하여 바이러스 입자를 복제하고 더 많은 바이러스를 생산하게

되어 감염 및 주변 세포로의 확산을 초래한다.

"과학자들이 이러한 결합 및 진입 메커니즘을 이해해야 스파이크 단백질과 ACE2 수용체 간의 상호작용을 차단하여 바이러스가 세포에 침투하지 못하도록 하는 중화 항체 및 백신과 같은 치료제를 개발할 수 있는 것입니다."

스파이크의 고리 두 개를 가진 사스코로나 바이러스 등장

벤이 말했다.

"우리는 암 치료에 있어서 종양 용해 바이러스oncolytic viruses를 연구하며 바이러스 스파이크 단백질의 결합 능력을 향상시키는 방법에 대해 많은 것을 실험 연구했습니다. 이러한 바이러스는 암세포를 표적으로 삼아 스파이크 단백질 RBDS-Protein RBD로 결합하고 선택적으로 감염시켜 파괴하도록 특별히 설계되었습니다. 편의상 지금부터 스파이크 단백질 RBDS-Protein RBD을 그냥 '스파이크'로 표현하겠습니다.

종양 용해 바이러스 스파이크가 암세포의 막에 부착되면서 암세포를 침투하기 시작합니다. 바이러스 스파이크가 세포막에 결합하는 능력이 강할수록 그만큼 세포에 진입하는 데 더 효과적입니다. 바이러스가 암세포에 들어가면, 바이러스는 증식하여 면역 반응을 유도하여 암세포를 파괴하는 데 도움을 줍니다.

현재 연구 중인 종양 용해 바이러스에는 헤르페스바이러스, 아데노바이러스, 백시니아바이러스, 폴리오바이러스, 홍역바이러스 등이 포함됩니다. 이러한 스파이크의 결합 능력을 강화하기 위해, 연구자들은 바이러스 스파이크에 추가 결합 분자를 생성하도록 특정 유전자를 조작했으며, 이로 인해 스파이크의 결합 고리가 하나에서 두 개로 배가되었습니다. 두 개의 고리를 가진 스파이크는 바이러스의 숙주 세포에 결합력을 강화하고 숙주 세포막을 더 쉽게 침투할 수 있도록 해줍니다.

정보에 의하면 밝혀지지 않은 어떤 주체가 어떤 목적인지 모르지만 이와 같은 원리를 이용하여 변형된 사스코로나SARS-CoV-2 바이러스를 현재 연구 중인 것으로 보입니다. 이 신종 바이러스는 기존의 사스코로나 바이러스의 특정 유전자를 변형하여 숙주 세포에 더 효율적으로 결합하고 진입할 수 있도록 설계되었다고 합니다. 아마도 스파이크의 고리 두 개를 가진 사스코로나 바이러스는 더욱 더 쉽게 인체 기관지나 폐 세포에 침투를 하게 되겠지요. 그러므로 신종 바이러스는 이전의 사스코로나에 비해 그 감염 전파력이 훨씬 클 것으로 예측됩니다."

수잔이 말했다.

"스파이크 결합 능력이 강화된 신종 사스코로나 바이러스가 인간의 기관지 세포에 쉽게 침투할 수 있다는 점을 잘 이해했습니다. 스파이크 결합 능력이 강화된 신종 바이러스에 대한 정보는 이미 제약사들이 입수하여 이 바이러스를 대응하기 위해 주요 제약사들은 백신을 개발 중일 수도 있겠습니다.

그런데 신종 바이러스의 감염은 어떻게 시작됩니까? 어떻게 많은 사람들에게 전파 감염될 수 있나요?"

벤이 말했다.

"바이러스는 여러 가지 방식으로 전파되며, 전파 방식은 바이러스의 종류에 따라 다릅니다. 다음은 바이러스 전파 방식에 대한 요약입니다."

- 직접 접촉: 악수나 포옹과 같은 감염된 사람과의 신체 접촉을 통해 바이러스가 전파될 수 있다.
- 비말 전파: 감염된 사람이 기침, 재채기, 또는 말을 할 때 나오는 작은 비말이 다른 사람의 눈, 코, 입에 닿으면 감염될 수 있다.
- 공기 전파: 일부 바이러스는 공기 중에 떠다니는 미립자를 통해 전파될 수 있다. 예를 들면 결핵과 홍역 같은 질병이 이에 해당한다.

- 오염된 물건 매개: 감염된 사람이 만진 물건이나 표면을 만지고 나서 눈, 코, 입을 만질 경우 감염될 수 있다.
- 오염된 음식과 물: 오염된 음식이나 물을 섭취함으로써 바이러스가 전파될 수 있다.
- 생물 매개체 전파: 모기나 진드기와 같은 곤충이 바이러스 전파를 매개할 수 있다. 예로는 뎅기열과 지카 바이러스가 있다.

수잔이 말했다.

"네, 강의를 통해 실험실에서 스파이크 결합 능력이 강화된 신종 코로나 바이러스를 만드는 것이 가능하다는 점을 이해했습니다. 그리고 바이러스 전파 경로를 이해했습니다.

그런데 GERHQ 프로젝트 실행을 가속화하기 위해 이미 어딘가에서 꿈틀대고 있을 신종 코로나 바이러스의 존재와 그 특성을 확인하고 그에 대응할 수 있는 백신제조사를 찾아 협업을 하는 것이 저희 과제 진행에 더 효과적일 것 같습니다.

벤께서 중국 우한의 닥터 XG와 함께 이 작업을 진행해 줄 수 있나요? 그는 미국 및 여러 바이러스 연구소들과 협업을 하고 있어 우리에게 결정적인 힌트를 제공할 수 있을 것입니다. 그리고 벤께서 기억해야 할 중요한 것은 XG와의 커뮤니케이션은 GERHQ의 활동 흔적을 남기지 않도록 비밀스럽고 은밀하게 처리되어야 한다는 겁니다. 우리가 신종 바이러스를 확보하는 데 있어 여러 국가 정보 기관에서 추적할 수 없게 일을 추진해야 합니다."

벤이 말했다.

"네, 알겠습니다, 수잔. 닥터 XG와 접촉할 때 보안을 준수하면서 GERHQ 활동이 추적되지 않도록 하겠습니다. 그리고 곧 팀을 구성하고 백신 제조사와 함께 시제품 개발에 나서도록 하겠습니다."

생식기관 표적 유전자 변경, mRNA 백신 제조 과정에 대한 강의

수잔이 말했다.

"네, 벤의 설명처럼 새로운 바이러스를 확보한 후 본 프로젝트의 핵심인 생식 기관의 표적 유전자를 변경할 수 있는 mRNA 백신 시제품을 신속히 개발해야 하겠습니다."

mRNA 백신 제조에 대한 강의

수잔이 말했다.

"mRNA 백신 제조 전문가인 카렌Karen이 우리 팀에 합류했습니다. 카렌, 우선 백신 제조 과정에 대해 강의를 부탁합니다."

카렌이 말했다.

"네, 수잔. GERHQ 프로젝트 팀에 조인하게 되어 기쁩니다. 신종 바이러스 DNA 유전자 정보 확인에 따라 그 정보를 바탕으로 한 mRNA 백신 제조 과정에 대해 다음과 같이 단계별로 요약 설명드립니다.

① DNA 템플릿 준비: 백신의 항원 단백질을 암호화하는 DNA 템플릿이 준비되며, 이 DNA는 박테리아에서 플라스미드 형태로 대량 생산된다.

② mRNA 합성: DNA 템플릿을 사용하여 시험관 내 전사 과정을 통해 mRNA가 합성되는데 이 과정에서 RNA 중합효소를 사용하여 DNA 템플릿에서 mRNA를 생성한다.

③ mRNA 정제: 합성된 mRNA는 크로마토그래피 및 필터링을 통해 불순물을 제거하며 정제된다.

④ mRNA 캡슐화: 정제된 mRNA는 지질 나노 입자(LNP)에 캡슐화된다. 캡슐화는 mRNA를 보호하고 mRNA의 신체 내 안정적인 전달을 돕는다.

⑤ 품질 관리 및 테스트: 최종 백신 제품은 엄격한 품질 관리 및 테스트를 거친다. 이 단계에서는 백신의 순도, 효능, 안정성을 평가한다.

⑥ 포장 및 유통: 품질 검사를 통과한 백신은 최종적으로 포장되고 유통 준비가 이루어진다. 이 단계에서는 백신이 보관 조건과 유효 기간을 고려하여 포장된다.

1~4단계는 GERHQ와 계약한 유전자 공학 연구소에서 수행될 것이며 5단계와 6단계는 GERHQ와 협력할 제약사가 운영하는 제조 시설에서 진행되겠습니다.

우리는 세 가지 종류의 mRNA/LNP 백신 제품들을 개발할 것입니다. 프로젝트의 목표대로 각 제품은 서로 다른 기능을 가진 배합으로 구성되어 인체에 다양한 영향력을 테스트할 것입니다. 그리고 이들 mRNA/LNP 제품들은 별도 라인에서 분리되어 제조될 것입니다. 제품들의 시장 배포 후 효능과 안전성을 추적하기 위해 제품 라벨에 고유 제조 번호와 QR 코드가 부착됩니다.

세 종류의 각각 다른 mRNA 백신 제품 접종을 받은 사람들로부터 수집된 임상 데이터를 각 백신 제품의 QR 코드에 따라서 비교 분석할 수 있습니다. 이러한 각 제품에 대한 데이터 분석은 나중에 본 프로젝트 성공 또는 실패를 평가하는 데 도움이 될 것입니다. 분석한 데이터에서 확인될 수 있는 mRNA 제품의 부족한 점은 향후 보완할 수 있으며 이는 미래를 위한 더 나은 mRNA/LNP 백신 제품 개발로 이어질 수 있습니다."

수잔이 말했다.

"자세한 설명과 제조 지침에 감사드립니다. 설명하신 대로 우리가 세 가지 다른 유형의 백신 제품들을 테스트할 것이기 때문에 글로벌 시장에서의 제품 배포와 사람들에게 접종을 추적하기 위한 정확한 시스템이 필요겠습니다. 모든 제품 접종 관련 데이터 수집을 위한 정보 추적 시스템을 잘 관리해 주시고 계속 업데이트를 부탁드립니다. 이제 회의를 마무리하도록 하겠습니다. 다시 한번 감사드립니다, 카렌."

제5장

CEO 존, 프로젝트 실행의 핵심 인물

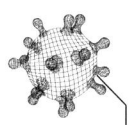

여러 전문가들과 인구 감소 프로젝트에 대한 많은 논의와 토론 끝에 완성된 큰 그림을 가지고 수잔은 구체적인 프로젝트 실행의 총지휘를 맡아줄 것을 글로벌 제약사 CEO 존John에게 요청하고 존은 그 요청을 수락한다. 존은 어려운 환경에서 자수성가한 자로 큰 야망을 지녔으며 그는 글로벌 바이오 제약 업계에서 큰 영향력을 끼치며 제약협회와 WHO등의 여러 기구 및 조직과 긴밀히 소통을 한다.

그가 수잔의 요청을 수락한 것은 수잔과 마찬가지로, 장기적인 관점에서 미래 세대를 위한 지구의 지속 가능성에 대해 깊은 우려를 공유하고 있기 때문이며 단기적인 관점에서는 본 프로젝트를 실행하는 과정에 전 세계에 공급할 mRNA/LNP 백신 제품의 예상 매출이 수백조에 이르는 금액으로 회사 수익에 큰 도움이 되기 때문이다.

그는 1년 중 추운 겨울 날씨가 반이나 차지하는 위스콘신주의 한 작은 시골 마을에서 태어났다. 존은 어린 나이에 그의 아버지가 세상을 떠난 후 가족을 부양하기 위해 식료품점에서 일하던 어머니에 의해 키워졌다. 존은 어릴 때부터 신문 배달뿐만 아니라 정육점에서 아르바이트를 하고 레스토랑에서 서빙을 하는 등 고등학교를 졸업할 때까지 스스로의 생활을 영위했고 강하게 훈련되며 자라났다. 그는 어렵게 성장했으나 그의 성격은 쾌활하며 선과 악에 대한 구별이 명확했다.

어려움 속에서도 존은 학교를 성실히 다녔고 여러 운동을 좋아하며 친구들과 관계가 좋았다. 그리고 존의 성실함과 잠재력을 알아본 학교 교사들의 따뜻한 손길이 존의 성장과 진로에 큰 도움이 되었다. 위스콘신 주립대학 메디슨에서 생물학을 전공하여 우수한 성적으로 졸업한 존은 난생처음으로 시골 지방을 떠나 대도시의 시카고 대학에서 박사 학위 과정을 시작한다.

1988년 9월 시카고 대학에서 분자생물학 및 통계학 박사 학위를 마친 존은 버지니아주에 있는 미국 국방과학연구소에서 미생물 관련 연구를 경험한다. 동물세포의 분리 및 배양, 세포핵 유전인자 치환, 박테리아 및 바이러스 생애 주기 및 유전자 조작, 그리고 변이된 미생물의 포유동물에 대한 영향 등에 대한 연구로 박사 학위 과정과는 차원이 다른 다양한 복합적인 실험을 수행한다. 몇 년 동안의 실험 연구실에서의 일과 경험은 흥미로웠으나 하나의 과학자로서 평범한 생활의 연속이었다.

존은 시카고 대학에서 만난 에밀리Emily와 가정을 이루고 쌍둥이 딸을 가지게 되었고 가족을 위한 더 나은 삶과 개인적인 성공에 대한 열정이 높은 존은 더 높은 목표를 위해 연구소를 떠나 산업계로 진출을 했고 세계적인 W기업의 과학기술연구소에서 커리어를 쌓아 간다. 미국에서 몇 년 동안 일한 후 존은 가족과 함께 일본으로 파견되어 W그룹의 아시아 지역 본부에서 일을 시작했다. 이 지역적인 이동은 그의 경력에서 흥미로운 도전과 기회로 가득 찬 새로운 장을 열었다.

존의 아시아 태평양 미생물학 회의에서 발표

찰리Charlie가 말했다.

"여보게 존, 3주 후에 싱가포르에서 아시아 태평양지역 미생물학회가 열리는데 그때 우리회사의 항균 제품 중 항균 세제Anti-bac의 효능에 대해 발표를 하도록 하게. 관련자료는 제품 개발팀 자료실에 들어가서 모든 개발관련 자료를 모아서 분석하고 필요한 부분을 취합해서 발표자료를 2주내에 준비를 해 주게나. 이번 발표는 특별히 아시아지역 마케팅 본부장의 부탁이니 잘 준비해야 할 거야."

존의 상사인 찰리의 지시다. 찰리는 미국 버클리 주립대학에서 통계학 박사 학위를 받았고 미국 캘리포니아주 변호사 자격증을 가진 고급 인재이며 글로벌 기업의 여러 지역 조직을 담당해 본 경험자로 노련미가 넘친다.

"네, 찰리 씨. 2주 안에 자료를 만들어 보고하겠습니다. 저도 아시아 지역 본부 발령 받은 후 첫 해외 출장 발표라서 매우 흥미롭습니다. 특히 세계적인 브랜드 항균 제품을 아시아 시장에 론칭launching하는 데 역할을 할 수 있는 기회를 주셔서 감사합니다."

글로벌 W기업 미국 본사에서 일본에 있는 아시아 본부로 발령받은 후 새로운 환경에 적응하면서도 회사 업무에 있어서 남보다 두각을 나타내기 위해 주말까지도 일에 열중하는 존, 그는 예리한 데이터 분석력과 강한 집중력으로 젊은 나이에 좋은 연구 결과를 만들었고 주위의 신뢰를 받는다.

존은 제품 개발팀 자료실에 안내를 받아 수년간에 걸쳐 만든 자료 파일 이십여 개를 책상에 올려놓고 리뷰를 해가며 핵심 데이터를 선별 취합하여 발표 초안을 만든다. 작업 일주일 만에 초안이 준비가 되었으나 존은 고민에 빠진다. 고민의 이유는 기개발된 데이터와 현재의 홍보자료 사이의 불일치성 때문이다. 제품 개발 결과보고서가 전체 데이터 중 유리한 것을 선택적으로 뽑아 결과를 도출했고 결국은 제품 효능을 포장하여 과대 광고를 하고 있음을 존은 알게 되었던 것이다. 더

욱이 항균성분의 안전성에 대한 염려스러운 부분이 있으나 소비자에게는 알려지지 않고 있는 것이다.

항균 제품 개발 실험 데이터를 분석한 존의 독백이다

"아니! 이게 뭐야? 항균 세제와 일반세제와의 항균 효능(박테리아 살균력) 비교 시험에서 살균력에 차이가 없이 보이네. 그래서 개발팀이 다음 실험을 일반세제 대신 물과 항균 세제 세척 후의 살균력에 대한 비교 실험을 했구먼? 단순히 물과 비교를 해서 항균 세제의 항균(살균) 효능이 더 나은 건 당연하지! 그렇다면 일반세척제와 물과 비교를 해도 일반세척제의 항균 효능이 월등히 나을 것 아닌가? 이런 식으로 항균 세제의 살균효능이 탁월하다고 광고를 하면 되나? 이는 윤리적으로 문제가 있지 않은가?"

과학자의 입장에서 오랫동안 고민을 하던 존은 두 가지의 발표 자료를 만들어서 상사인 찰리에 보고를 한다.

프레젠테이션 A의 슬라이드는 다음 세 가지 부분으로 구성되었다.

- 항균 비누와 일반 비누 세척을 비교한 실험 데이터 • 항균 비누와 물 세척을 비교한 실험 데이터
- 항균 화학 성분의 독성 데이터

프레젠테이션 B의 슬라이드는 다음 내용을 포함했다.

- 항균 비누 데이터(세균 99.99% 제거)만 포함하고, 일반 비누와 비교 실험 데이터는 제외
- 항균 비누로 씻기 전후의 배양 접시 속 세균 배양 비교 사진 업로드
- 세균으로 인해 발생하는 질병 목록 및 전염병 예방을 위한 항균 비누 사용의 이점

찰리가 말했다.

"존! 주어진 시간 내에 발표 자료 준비하느라 수고 많았네. 그런데 말이야, 발표 자료 A를 미생물 연구 학자들에게 발표하고 Q&A를 하면 어떤 상황이 벌어질 것 같나? 이번 발표는 제품 홍보를 하는 것이지 제품에 대한 과학적인 토론을 하는 자리가 아님을 알아야 하네. 자료 A에 대해서는 교수들을 비롯한 청중으로부터 많은 질문이 나올 것이고 잘못하면 제품 이미지를 나쁘게 만들 수 있네. 그러면 마케팅 팀으로부터 거센 비난을 받을 수도 있는데, 자네의 생각은 어떤지 대답해보게."

존의 손바닥과 등에 땀 나기 시작한다.

"찰리 씨, 과학적인 실험을 해서 만든 데이터를 발표하는데 데이터를 유리한 것만 선택해서 발표를 하는 것은 어쩌면 청중을 속이는 것

이 아닐까요? 더욱이 유효성뿐만 아니라 독성적인 측면에서도 소비자에게 해가 될 수 있는 부분이 있으니 윤리적인 면에서도 문제가 있다고 봅니다. 그렇지만 저는 회사의 유명 브랜드 제품 홍보에 해를 끼쳐서는 안 된다고 봅니다. 이런 이유로 두 가지의 발표안을 만들어 보고드리고 어느 쪽으로 발표를 해야 할지에 대해 찰리 씨의 의견을 구하는 것입니다."

"존, 자네의 과학자적인 양식은 이해가 되네. 하지만 자네는 이미 과학자 수준을 너머 글로벌 비즈니스맨이라네. 즉 이제는 연구실에서 과학 실험을 하는 아마추어가 아니라 글로벌시장에서 회사 사업의 성공을 위해 일을 하는 프로페셔널이야! 이 항균 제품은 미국시장을 넘어서 아시아시장으로 확장 판매하여 회사의 매출 목표를 위한 중요한 것이고 이 프로젝트에 관여하는 이들은 사명감을 가지고 충실히 일을 해야 할 것일세. 회사는 비싼 투자를 하여 자네를 고용하고 훈련시켜 미국에서 아시아 지역으로 발령했고 향후 10년간은 아시아시장 확장에 자네도 같이 참여하여 좋은 결과를 가져오길 기대하고 있다네. 이해가 잘되길 바라네."

발표 자료를 매듭지은 존은 찰리와 함께 싱가포르로 날아가서 미생물학회에서 세계 최고의 항균 제품의 효능과 소비자들에게 주는 혜택에 대해 충실하게 발표를 한다. 제품 사용 시 몇 개의 예측 가능한 부작용에 대한 질문이 나왔지만 이 제품의 주원료는 식물성 팜오일과 코코넛오일로 구성이 되어있고 전 성분에 대한 독성 검증을 한 후 출시했기에 인체에 무해할 뿐만 아니라 이 제품의 탁월한 살균력은 유해균에 대한 감염을 낮추며 어린이들의 성장과 건강증진에 큰 도움을 준다고 답변을 한다.

발표가 끝난 저녁 파티에서 마케팅 본부장인 에밀리가 존에게 와인을 권한다.

에밀리가 말했다.

"존, 오늘 발표는 매우 좋았고 향후 회사 매출 목표 달성에 큰 도움이 될 것으로 믿네. 자네의 많은 수고에 감사한다네. 찰리, 존과 같은 부하가 있으니 참 든든하겠어. 언제든지 마케팅 팀에 도움이 필요하면 연락해도 되겠지? 오늘 발표와 언론 홍보 결과에 대해 듀발Duval(아시아 총괄 사장)에게 모든 것이 잘 진행되었다고 보고를 드리겠네."

싱가포르 출장에서 일본 아시아 지역 본부 사무실에 돌아온 다음 날 존과 찰리는 듀발 사장실에서 보고 미팅을 한다.

"하이, 찰리. 하이, 존. 지난주에 아시아 미생물학회에서 훌륭하게 발표를 하고 홍보를 지원해줘서 감사해요. 지역 언론과 시장에서 반응이 좋다는 보고를 받았어요. 향후 2년간은 동남아시아 각 나라에서 항균 제품 론칭 행사를 진행할 것이니, 존은 각 나라의 GMgeneral manager들과 밀접하게 교통을 하여 제품 론칭 행사 때 현지 발표를 하고 각 지역 언론사들과 KOLkey opinion leaders들에게 제품 관련 유익한 정보를 잘 전달시키도록 하면 좋겠소. 이 프로젝트의 성공은 존의 커리어 발전에도 큰 도움이 될 것으로 믿어요.”

존이 대답했다.

“네, 듀발 사장님. 모든 일에 차질 없이 각 나라 GM들과 프로젝트를 성공적으로 완료하겠습니다.”

존은 발표 자료와 제품 홍보자료를 더욱 멋지게 다듬고 지역 광고회사들에 전달하여 제품홍보 준비를 했다. 그리고 각 나라에서 제품 론칭 행사에서는 발표뿐만 아니라 지역 언론사 간부들과 주요 오피니언 리더들에게도 제품에 대한 장점을 알리고 제품 브로슈어를 전달하고 그들과 좋은 관계를 만들기 시작했다. 이러한 작업을 위한 회사로부터 주어진 충분한 예산을 바탕으로 존은 쉽고 편안하게 임무를 완수할 수 있었고, 아시아 지역 내에서 KOL들과의 관계를 맺으며 미래에 자신의 능력을 극대화시킬 베이스를 만들어가기 시작한다. 2년간에 걸쳐 아시아 시장에 항균 제품 론칭 프로젝트를 성공적으로 마친 후 존은 회사로부터 Mr. Anti-bac 별칭을 받으며 또 다른 기회인 큰 프로젝트 추진 임무를 부여받는다.

MIT에서 아시아 태평양 지역 특화 교육 프로그램

아시아 시장에서 항균 제품 론칭 사업이 성공적으로 완료된 연말 행사에서 존은 뒤발 사장으로부터 아시아 시장 매출 증대에 A급 기여자로 수상을 하며 보너스로 4주간 미국에서 휴가와 함께 보스턴 MIT 대학에서 '아시아 태평양 지역관련 특이 연수 APRSTPAsia Pacific region specific training program'를 받게 된다. 매일 8시간 2주일간 진행되는 강의와 토론에는 하버드, 프린스턴, MIT, 존스홉킨스, 보스턴 대학 교수진으로 이루어진 전문강사들이 아시아 지역관련 역사, 문화, 정치, 군사, 교육 등에 대해 밀접 강의를 하고 Q&A를 진행한다. 이 프로그램에는 여러 기관으로부터 다수의 수강생들이 참가했는데, 주로 미국의 주요 정부 기관이나 주요 기간산업에 일을 하는 인재들이 참석을 했다. 이들은 이 트레이닝 프로그램을 통해 훈련을 받고 아시아 태평양지역에서 미국 기업이나 정부 기관의 이익을 위해 일을 하는 고급인력들이다. 존은 이 연수기간 동안 여러 동료 수강생들과 인연을 맺고 친구가 된다.

존이 미국 휴가와 트레이닝에서 돌아온 후 상사인 찰리가 미국으로 돌아가고 존은 찰리의 자리로 승진을 하며 업무 범위를 넓혀 아시아 시장에 헬스케어healthcare 관련 의약품 론칭 프로젝트를 부여받는다. 이전의 항균 제품과는 달리 의약품 론칭작업은 매우 복잡하다. 이는 오피니언 리더 확보나 언론사에 대한 홍보뿐만 아니라 각국의 규제 기관이나 보건성 등으로부터 의약품판매 허가를 받아야 하는 복잡하고 어려운 일을 장기적으로 추진해나가야 하는 것이다.

의약품 판매 허가는 간단하게는 일반의약품 판매 허가부터 복잡하게는 전문의약품 판매 허가로 분류가 된다. 특히 전문의약품 판매 허가에는 수년간에 걸친 여러 가지 임상시험 데이터를 제출해야 하며 때로는 각 나라에서의 임상시험을 직접 수행해야 하는 경우도 있기 때문에 각 나라의 정부 규제 기관, 의료 기관 및 병원 임상시험 연구자, 임상시험 대행사 등과 함께 복잡한 업무를 차질 없이 진행해 나가야 하는 것이다.

판매 허가를 득한 제품의 전략적인 론칭 작업 또한 향후 제품매출에 큰 영향을 끼치게 되므로 새로운 임무를 맡은 존은 아시아 지역에 핵심 팀을 조직하여 광범위한 작업을 진행하게 된다. 제품 론칭 시 홍보효과를 높이기 위해 세계적으로 유명한 파스퇴르 연구소와 국제백신연구소 등과도 협약을 맺어 그 기관들의 이름을 사용하는 제품 광고에 대한 엔도스먼트endorsement 계약을 맺기도 한다.

나이 30대 초반에 글로벌 기업에 발을 들인 후 맡은 프로젝트마다 성공적으로 마친 존은 45세에 회사의 헬스케어 사업 조직에서 가장 높은 사장 자리까지 오른다. 그 후 글로벌 의약사업 시장에서 두각을 나타낸 존은 전 세계의 제약 시장을 리드하는 M 제약사로부터 스카우트

제의를 받는다. M 제약사로부터 높은 금액의 연봉과 스톡 옵션을 포함한 패키지를 수락한 존은 아시아 태평양지역을 넘어 미국과 유럽의 선진국 시장을 포함한 그야말로 글로벌 제약사업을 지휘하는 기회를 잡는다.

존은 타고난 탁월한 분석력 그리고 글로벌사업을 해나가며 쌓은 조직력에 더해 제약 산업 관련 연방정부 공무원부터 정치가들과도 교류를 가지게 된다. M 제약사에서 신약 개발 사업 성공을 위해 MIT 대학 '아시아 태평양 지역관련 특이 연수 APRSTP'에서 만난 동료 수강생 중 약물 전달 시스템 DDSDrug Delivery System의 전문가인 조나단Jonathan과 다시 만나 협업을 하게 되는데, 그로부터 신약 개발에 있어서 DDS의 중요성에 대해 배움을 가지고 이를 새로운 약물 개발에 적극 이용하기로 한다. 조나단은 세계적으로 인지도가 높은 DDS 분야의 대가인데 그 역시 성공을 위한 대단한 야심가이며 이 기술을 이용하여 회사를 창업했고 관련 회사들과 적극적으로 협업을 한다.

또 다른 동료 수강생인 빌Bill, 그는 분자생물학 박사로 미국 NIH/NCI 지원을 받아 미생물 유전자 조작 및 배양을 통해 암세포를 공격하는 연구를 해온 과학자인데, 역시 존에게 매우 중요한 동업자가 된다.

그리고 존의 인맥 중에는 글로벌 기업 W사에서 인연을 맺은 밥Bob, 그는 과거에 W사의 글로벌 총괄 COOChief Operating Officer였고 현재 미국 백악관White House 대통령실 과학기술고문 역할을 맡고 있으며 여러 정부 기관 및 정치인들과의 연결 고리가 되어 향후 존의 일에 큰 도움이 된다.

제6장

백신 약물 전달 기술, 지질 나노 입자

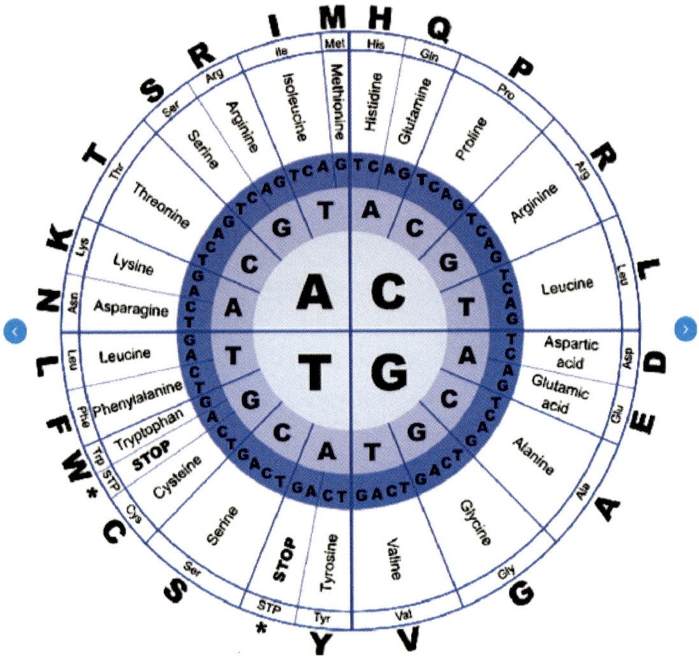

DNA codon table

존은 최첨단 백신 제조 기술에 대한 최신 정보를 얻기 위해 빌과 조나단의 회사를 차례로 방문했다.

빌의 mRNA 백신 제조 강의 요약

DNA의 이중 나선 구조는 아데닌(A), 티민(T), 사이토신(C), 구아닌(G)이라는 네 가지 핵산 분자로 구성된다. 이러한 분자들은 코돈을 형성하기 위해 짝을 이루며 이는 유전 암호의 구성 요소이다. 각 코돈은 세 개의 핵산 분자로 구성되어 있으며 포함된 유전 정보를 기반으로 특정 아미노산을 생성한다. 생성된 아미노산은 연결되고 조직화되어 단백질을 형성하며 이 원리는 다양한 생물학적 기능에 필수적이다. 이러한 분자 생물학의 기본 원칙은 생명과학에서 엄청난 혁신의 길을 열어 주었다.

이러한 분자 생물학의 기본 원칙을 이용하여 빌 연구소는 mRNA를 합성하여 백신을 개발한다. 그 mRNA 백신 작용 이론과 원리를 요약하면 다음과 같다. 일반 백신이 활성화된 병원체나 비활성화된 병원체를 사용하여 면역 반응을 유발하고 면역력을 생성하는 반면에 mRNA 백신은 세포에 병원체와 유사하거나 동일한 단백질을 생성하도록 지시하는 유전 암호를 사용한다. mRNA로 생성되는 이 단백질은 모방하는 병원체에 대한 면역력을 제공하는 면역 반응을 유발한다. mRNA를 사용하는 것은 하나의 병원체에 대한 면역력을 생성하는 더 많은 길을 열어주며 병원체를 기반으로 하는 백신 개발보다 훨씬 빠르고 저비용으로 백신 개발이 이루어질 수 있도록 한다.

실험실 합성 mRNA 기술은 암 치료에서도 큰 주목을 받고 있다. 이 과정은 특정 유전 정보를 포함하는 mRNA를 암 환자에 주입하여 표적 암세포에 고유한 단백질 형성을 유도하는 방식으로 진행된다. 이는 암 환자의 면역 체계가 이 형성된 단백질을 공격하도록 하여 단백질을 포함한 세포를 중화시키는 항체 반응을 생성하게 한다. 이 솔루션은 암 환자의 신체에서 암세포만을 선택적으로 표적화하도록 하여 기존의 암 치료에서 발생하는 고통과 정상세포에 가해지는 손상을 크게 줄일 수 있는 것이다.

실험실 합성 mRNA를 활용하면서 연구자들은 암세포에 결합하는 능력이 향상된 단백질을 생성할 수 있는 mRNA 암 백신을 개발하는 데 주력하고 있다. 몇 년 전 한 바이오텍 회사는 암세포를 표적으로 하도록 조정된 바이러스가 숙주 암세포를 침투하는 방식을 모방한 기술에 대한 특허를 획득했다.

이 기술은 바이러스가 스파이크 단백질을 사용하여 숙주 세포막의 Y자형 수용체에 결합하고 세포 내부로 진입하는 방식을 모방한다. 그러나 일반적인 바이러스 스파이크의 단일 고리 대신 특허 받은 솔루션은 유전자 조작을 통해 바이러스 스파이크가 두 개의 고리로 Y자형 수용체에 동시에 결합하도록 프로그램 했다. 그러므로 이 유전자 조작은 바이러스가 숙주 세포막에 더 강하게 결합할 수 있게 되어 표적 암세포를 파괴하는 능력을 증가시킨다. 즉 이 유전자 조작 바이러스 백신은 암세포에 대한 강력한 면역 반응을 유도하도록 설계되어 암 치료에 유망한 길을 제공하는 것이다.

그런데 이러한 바이러스 스파이크 단백질의 결합 능력을 증대시키는 유전자 조작은 어떤 바이러스를 더욱 공격적으로 만들 수가 있고 그 바이러스를 생물학 무기 차원으로 이용할 수 있을지도 모른다.

조나단의 약물 전달 시스템에 관한 강의 요약

존은 조나단의 강의로부터 약물 전달 시스템(DDS) 기술을 다음과 같이 이해했다.

약물은 생체에 투여되면 신체의 장기와 조직을 이동한 끝에 목표한 세포에 도달한다. 약물이 세포에 들어가면 미세분자, 미토콘드리아, DNA, RNA와 상호작용하여 세포 생리학에 영향을 미치고 약물 효과를 일으킨다. 그러나 일부 약물은 표적 세포에 도달하기 전에 부분적으로 파괴되거나 용해되어 일부 효능을 잃게 된다. DDS 기술은 약물이 신체 내의 여정을 거치는 동안 이를 보호함으로써 약물이 도중에 파괴되거나 용해되는 문제를 돕는다.

DDS 기술은 신체의 특정 표적에 약물을 최적화하여 전달함으로써 약물의 효능을 높이고 부작용을 줄이는 데 중점을 둔다. 예를 들면 한때 50mg 복용량이 필요했던 약물을 이제는 5mg만으로도 동일한 효과를 얻을 수 있는 전달 솔루션을 만들었다. 약물 복용량의 대폭 감소는 잠재적인 약물의 부작용을 크게 줄여주는 것이다.

또한 DDS 기술은 단일 전달 시스템 내에서 여러 약물의 조합을 동시에 전달할 수 있도록 할 수 있다. 이러한 접근 방식은 다양한 치료 전략이 필요한 암과 같은 복잡한 질병을 치료하는 데 특히 유익할 수 있다. DDS의 다양성과 정밀성은 현대 의학에서 강력한 도구로 사용되며 더 효과적이고 개인 맞춤형 치료법의 길을 열어준다.

이 DDS 분야의 주요 혁신 중 하나는 약물을 캡슐화하고 신체를 이동하는 동안 약물을 보호할 수 있는 지질 나노 입자Lipid Nano Particles, LNP의 사용이다. 이러한 LNP는 약물이 신체의 표적 위치에 도달 후 적절한 시간에 방출되도록 그리고 제어된 속도로 서서히 약물을 방출할 수 있도록 설계될 수 있다. 이 정밀한 전달 메커니즘은 약물의 치료 결과를 크게 향상시킨다.

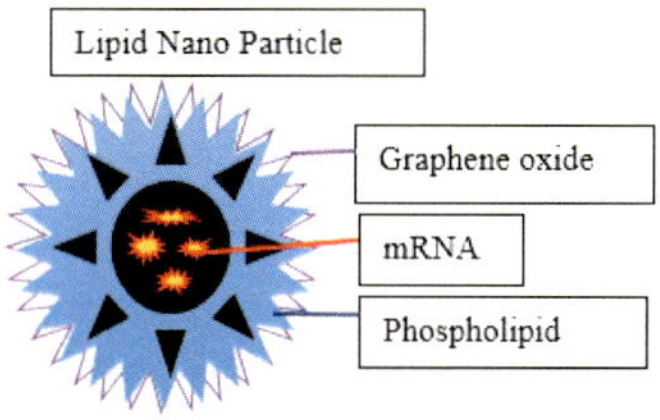

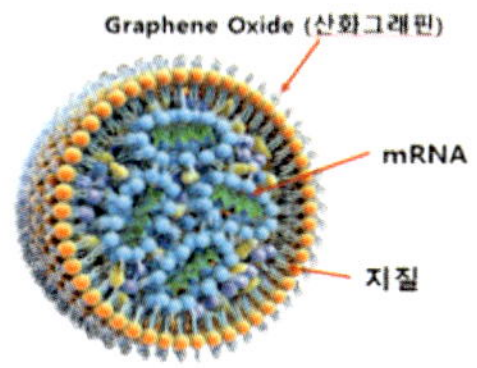

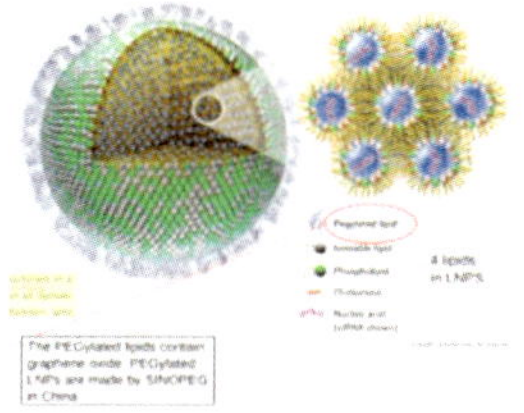

현재 많은 회사가 DDS 기술을 활용한 새로운 약물 개발에 경쟁적으로 참여하고 있으며, 정밀 의학의 시대를 만들어가고 있다.

제7장

백신 개발 찬반 토론:

신종 바이러스에서 발견된 PRRA 유전자 코드

mRNA 백신 개발과 DDS 약물 전달 시스템에 대한 학습을 마치고 돌아온 존은 M 제약사 본사에서 열린 글로벌 임원 및 경영진 회의에 참석했다. 관련 부서의 핵심 관리자들은 mRNA 백신 개발에 대한 의견과 평가를 차례로 발표했다.

전략 기획팀 보고

"중국 우한에 있는 한 동물 실험실에서 어떤 바이러스에 노출된 연구원들이 감염되어 사망을 했다는 긴급 정보를 받았습니다. 그 정보에 따르면, 이 바이러스는 몇 년 전 유행했던 사스바이러스(박쥐 코로나 바이러스)보다 더 공격적인 것으로 전해졌습니다. 이미 몇몇 이웃 국가로 전파되었으며, 이러한 전파 속도로 볼 때 글로벌 팬데믹으로 확산될 것으로 예상됩니다.

또 다른 보고에 따르면, N 회사는 이미 이 신종 바이러스 감염에 대응하기 위한 백신 개발을 진행하고 있습니다. 그들은 또한 그 바이러스의 인간에 대한 감염을 확인하기 위한 PCR 테스트 키트를 개발 중이며 이 제품들은 시장에서 상당한 수익을 창출할 것으로 보입니다.

이 바이러스가 전 세계로 확산될 것임을 예상하며 새로운 백신 시장 수요에 대한 준비를 해야 할 것입니다. 즉 백신 및 PCR 키트 개발에서 N 회사의 속도에 발맞추기 위해 신속히 움직여야 할 것입니다. 새 백신 제품 개발을 시작하기 위한 신속한 예산집행 승인을 요청드립니다."

개발팀 보고

"새로운 바이러스에 대해 소문을 들었지만, 과거 경험에 비추어 보면 이는 기존 바이러스에서 유전적 돌연변이가 발생한 변종에 불과할 가능성이 높습니다. 1918년에 발생하여 전 세계적으로 약 1억 명에 달하는 사망자를 낳은 스페인 독감을 일으켰던 바이러스를 포함하여 과거에 유행을 했던 바이러스들은 한동안 강력한 감염을 일으켰으나 시간이 지나면서 그 힘이 약해지고 사라졌습니다.

이는 바이러스 특성상 그 위력이 오랫동안 지속이 될 수 없기 때문입니다. 그 이유는 바이러스는 숙주 침입과 분열을 반복하는 과정에서 숙주로부터 받는 저항과 스트레스로 인해 바이러스 내부의 유전자가 변이 되기 때문에 바이러스 원래의 특성이 계속 지속되지 못하는 것입니다. 그래서 어떤 바이러스를 대상으로 특정 백신을 만들어 접종을 시켜도 계속 바이러스 변이가 일어나며 변이가 된 바이러스에 대해서는 그 특정백신의 효능이 떨어질 수밖에 없습니다. 그러므로 개발을 하더라도 새 백신의 매출 수익은 오랫동안 지속되기 어려울 듯합니다.

또 다른 중요한 점은 새로운 백신 개발에는 수년간의 임상시험이 필요하다는 것입니다. 이미 경쟁사들이 백신 개발을 시작했기 때문에 동시에 시장에 진입하는 것은 어려울 것입니다. 혹시 중국의 감염 사태가 미국까지 위협하는 위급한 상황으로 인식되어 간단한 임상시험으로 FDA에서 신속한 허가를 받을 수 있다면 새로운 백신 개발 사업이 타당하겠습니다. 그러므로 새로운 백신 개발 사업 추진은 FDA의 신속한 허가 가능성과 시장에서의 성공 가능성을 신중히 평가를 한 후에 Go/No-go를 결정해 주시길 요청합니다."

미셸Michel, 마케팅팀 보고

"저희 M 제약사는 지난 200년 동안 좋은 약을 개발하여 인류의 건강 증진에 큰 이바지를 해왔습니다. 앞으로도 인류의 건강을 도울 수 있는 지속 가능한 최고의 기업을 유지하기 위해서는 최첨단 기술들을 이용한 신약 개발을 계속 추진하여 경쟁사들에 뒤떨어지지 않아야 하겠습니다. 이제는 바이오 제약 산업에도 최첨단 기술인 AI를 이용한 신속한 신약 후보 물질 발굴 및 임상 개발, 유전자조작 및 항체를 이용한 질병 치료, 줄기세포나 면역 세포 분리 배양을 통해 세포를 이용한 질병 치료 등 다양한 기술을 확보하며 바이오 제약사들 간에 경쟁이 더욱 치열해지고 있습니다. 따라서 미래의 신기술을 이용하여 신약 개발에서 저희 회사는 선두를 달려야 할 것입니다.

전략기획팀에서 보고한 신종 바이러스 등장은 저희 회사의 입장에서는 타 회사에 비해 좀 늦은 감이 있지만 매우 큰 기회라고 봅니다. 현재 새로운 바이러스에 대한 백신을 개발하는 회사들은 개발 속도는 저희 회사보다 빠르나 그들은 작은 규모이고 글로벌 조직이나 규제 기관 대응 및 마케팅 능력은 저희 회사를 따라올 수가 없습니다. 미국 제약협회에서 큰 역할을 담당하고 있는 저희 회사는 FDA, CDC, WHO, 백신연구소, 언론 광고 기관 등에도 좋은 과학적인 정보를 교류하며 도움을 주고받는 좋은 협력관계를 유지하고 있는데, 이는 타 회사들이 매우 부러워하는 장점입니다.

신종 바이러스 등장으로 팬데믹이 일어난다면 이는 바이오 제약 산업에 있어서 신기술을 사용할 새로운 백신시장이 만들어질 큰 기회라고 봅니다. 즉 전 세계 제약 시장을 리드하는 저희 회사가 정부의 신속한 도움을 받는다면 긴급한 팬데믹 비상 상황을 대처하기 위해 간단한 임상 데이터로 신속히 FDA 허가를 받아 전 세계 주요 국가들에 빠르게 백신 판매를 할 수 있을 것으로 봅니다.

아마도 백신 판매 및 바이러스 감염 분석 키트 매출액은 수백조 원에 이를 것입니다. 그리고 유전적으로 다양한 인종에 대한 백신 접종 효능 및 안전성에 대한 데이터를 축적해 나간다면 이 데이터는 미래의 신약 개발을 위한 훌륭한 자산이 될 것이고 다양한 인종의 유전자를 목표로 제어할 수 있는 미래의 특정 약물 개발에 큰 도움이 될 것으로 봅니다. 그러므로 신속한 백신 개발을 권유합니다."

스미스Smith의 신종 바이러스에서 발견된 PRRA 유전자 코드에 관한 보고

"수년 전에 유행했던 박쥐 사스코로나 바이러스와 신종 바이러스 유전자 비교분석을 한 결과인데 대단히 흥미로운 점이 발견되었습니다. 박쥐 사스 코로나바이러스와 새 바이러스의 유전자는 99.8% 동일합니다만 단 한 부분에서 차이가 있습니다. 그 차이가 자연적으로 발생한 우연의 일치인지 아니면 실험실에서 유전자 조작을 하여 만든 새로운 바이러스인지 모르겠습니다만, 이전에 유행한 박쥐 사스코로나바이러스에 하나의 특이한 유전자 코드PRRA가 입력이 되어있습니다.

PRRA는 아미노산 프롤린(P), 아르기닌(R), 아르기닌(R), 알라닌(A)을 의미합니다. 이러한 아미노산은 각각 프롤린의 경우 CCT, 아르기닌의 경우 CGG, 알라닌의 경우 GCA에 해당하는 유전자 코돈과 연관됩니다(C=사이토신, G=구아닌, A=아데닌, T=티민).

이 새로운 유전자 코드는 공교롭게도 한 바이오텍 회사에서 2016년에 특허를 낸 유전인자 코드와 동일합니다. 특허된 유전인자코드는 세포 내에서 어떤 단백질을 만들어내는 정보를 가지고 있으며 그렇게 만들어진 단백질은 다른 세포, 예를 들면 암세포 등에 쉽게 접촉하여 침투할 수 있는 기능을 가집니다. 그 의미는 새로운 유전자 코드를 가진 바이러스는 인간 숙주세포에 쉽게 침투를 할 수 있는 기능을 가지게 되는 것입니다. 물론 가장 쉬운 침투 경로는 호흡기 계통으로 폐의 깊숙한 곳까지 침투를 할 수 있다고 봅니다.

그 기능에 대해 좀 더 구체적으로 살펴보면 이전 박쥐 사스코로나바이러스가 인간 숙주세포에 침투를 하기 위해 하나의 스파이크 고리로 접촉을 하는 것에 비해 새로운 유전자 코드(PRRA)가 입력된 바이러스는 스파이크의 두 개의 고리로 숙주세포에 붙기 때문에 그 세포 안으로 침투력이 더욱 강해지는 것이지요. 즉, 특허유전자를 정보를 이용하여 코로나 바이러스의 기능 늘리기gain of functions를 하여 바이러스가 더 쉽게 인간의 세포에 침투할 수 있도록 한 것으로 보입니다. 그래서 쉽게 숙주세포 안으로 침투한 바이러스는 숙주세포의 핵산을 이용하여 증식하며 동시에 인간에게 고통을 유발시키고 더 넓게 감염을 확산시킵니다.

만약 이와 같은 특허가 있는 특이한 유전자 삽입으로 새로운 바이러스가 인위적으로 만들어졌다면 이것은 앞으로 개발될 백신이나 PCR 키트 등 상업화에 있어서 특허분쟁이 발생할 여지가 높을 뿐만 아니라 윤리적으로도 큰 문제가 될 것으로 염려가 됩니다."

2016년 모더나 특허 유전자 서열과 코로나19 바이러스 유전자 서열 비교 분석

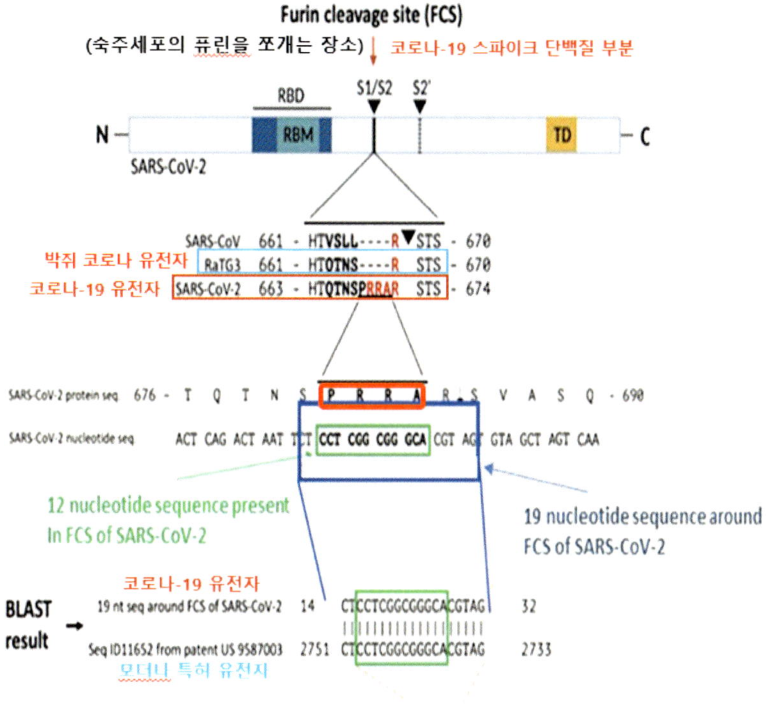

스파이크 RBD 고리가 2개로 늘어난 코로나19 바이러스의 숙주세포 진입 과정

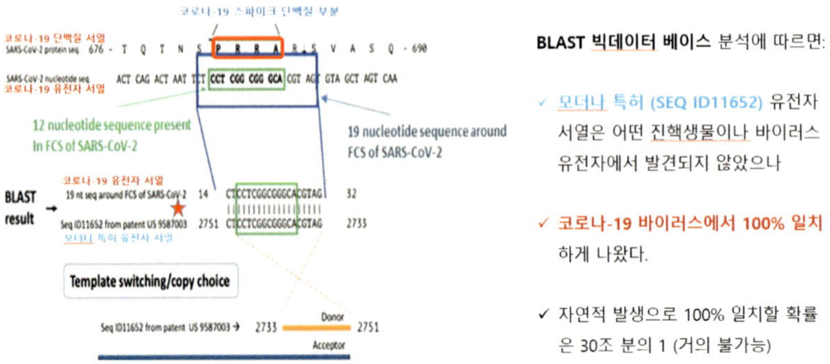

출처: PERSPECTIVE article, (Front. Virol., 21 February 2022) Balamurali K. Ambati, Akhil Varshney, Kenneth Lundstrom, Giorgio Palú , Bruce D. Uhal, Vladimir N. Uversky and Adam M. Brufsky

CEO 존의 발언

"신종 바이러스에서 확인된 PRRA 유전자 서열과 관련하여 말씀드리면 이 정보는 국가적인 차원에서 매우 민감하며 기밀로 분류되어야 합니다. 이 정보의 외부 공개는 큰 논란이나 위험이 따를 수 있으므로 이에 대한 추가적인 논의는 즉시 중단되어야 하며 이 정보가 외부에 노출이 되지 않도록 해 주시길 바랍니다.

그리고 저는 신종 바이러스 감염 대응을 위한 mRNA 백신 개발을 승인합니다. 타사에 비해 우리 회사의 백신 개발이 늦어진 점을 고려하여, 모든 사내 자원을 동원하고 닥터 벤 W. 코작을 포함한 외부 지원을 받아서 mRNA 백신 개발을 빠르게 진행해 주시길 바랍니다. 저는 우리 제품 개발 팀과 외부 파트너들의 역량을 신뢰하며 모든 노력과 자원을 집중할 것을 촉구합니다."

제8장

mRNA 백신 제품의 제형:

단일 또는 다중 사용 mRNA

수잔이 말했다.

"GERHQ 프로젝트 진행을 위해 외부 M 제약사를 비롯해 여러 기관들과 협업을 진행하고 있습니다. 닥터 벤 W. 코작께서는 그들과 함께 mRNA 백신 시제품의 제형 개발을 차질 없이 잘 관리해 주시길 바랍니다. 그리고 본 GERHQ 이사회에 개발 될 시제품의 제형과 기술에 대해 설명해 주시길 바랍니다."

닥터 벤 W. 코작이 말했다.

"개발될 시제품의 제형과 기술에 대해 보고드립니다. GERHQ는 제각각 독특한 특성을 가진 몇 가지 제형의 mRNA 백신 시제품을 가질 것입니다. 그 제품들은 사용되는 mRNA의 종류에 따라 특성이 달라집니다."

시제품 제형에 대해서는 여러 가지의 옵션을 가질 수가 있다.

- 첫 번째, 코로나 바이러스의 스파이크 단백질을 숙주세포 안에서 합성을 한 번 만 지시하는 mRNA 유전정보를 담은 제형
- 두 번째, 이 mRNA가 반복해서 단백질을 대량 합성하는 자가증폭 mRNA 제형
- 세 번째, 인간의 생리와 생식 기능관련 유전자 변이를 시키는 mRNA를 추가적으로 담은 제형
- 네 번째, 최첨단 IT와 반도체기술을 이용하여 신경계 관련 불치병을 치료 가능성을 보기 위해 새로운 기술을 담은 제형

"이 제형들은 생산 공장 라인에 따라 따로 제조가 될 것이며 고유 제조번호의 기록과 같이 출시가 되지만 국가나 지역, 인종에 상관 없이 무작위로 접종시킬 것입니다. 그리고 무작위 접종을 하지만 다양한 제형 백신을 접종받은 사람들에 대한 인적 정보와 고유 제조번호에 따른 백신 제형의 효능 및 부작용에 대한 추적 관찰이 가능할 것입니다."

mRNA 기술: 1회용 mRNA와 자가증폭 반복 기능을 가지는 mRNA 사용

mRNA 백신 개발 이론: 스파이크 단백질 생성과 그에 대한 항체 형성

Fig. 1: Two categories of mRNA constructs are being actively evaluated.

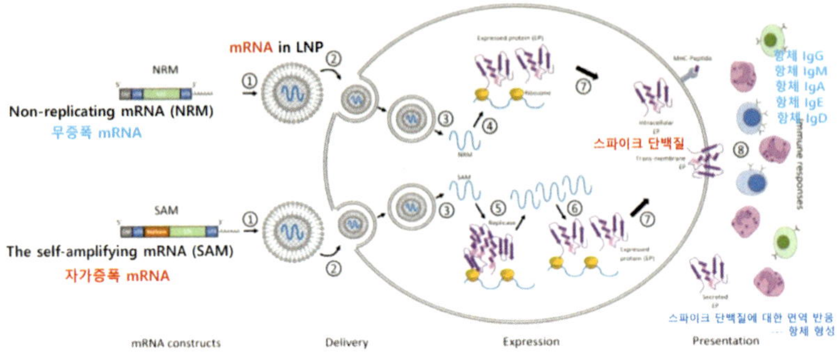

mRNA의 기능이 두 가지로 나눠진다.

- 첫 번째는 일회용인 NRMnon-replicating mRNA 무증폭 mRNA
- 두 번째는 SAMself-amplifying mRNA자가증폭 mRNA, 충분한 양의 단백질 합성을 위해 SAM이 쓰임

"백신의 목적인 미량의 항원 스파이크 단백질을 만들려면 일회용

NRM이 적절할 것이나 과제의 본 목적인 인구감축을 위한 인체 내에 생리적인 목표점에 영향을 주기 위해서는 좀 더 많은 양의 스파이크 단백질 합성이 필요하겠습니다. 그런데 문제는 SAM의 과도한 기능으로 인해 과량의 스파이크 단백질이 만들어져서 인체에 해로운 부작용을 일으킬 수 있습니다."

약물전달체 Lipid Nano Particle를 둘러싸는 산화그래핀

"mRNA 백신 전달체 LNP에 사용될 그래핀과 산화그래핀은 반도체 기술에서 중요한 역할을 하고 있습니다. 그래핀은 탄소 원자가 육각형 벌집 모양으로 배열된 2차원 물질로 뛰어난 전기 전도성을 가지며 또한 기계적 강도를 가지고 있습니다. 이러한 특성 때문에 그래핀은 차세대 반도체 소재로 연구되고 있습니다. 그리고 산화그래핀Graphene Oxide, GO은 그래핀에 산소가 결합된 형태로, 절연체로 작용할 수 있습니다. 산화그래핀은 전기적 특성을 조절할 수 있어서 다양한 전자 소자에 활용되고 있습니다. 또한 산화그래핀을 약물 전달의 매개체로 쓰거나, 그래핀과 약물을 결합해 혼합물질을 만들어 나노 크기의 약을 만드는 데 이용됩니다."

본 과제를 위한 그래핀과 산화그래핀의 사용 분야

- 약물 전달: 산화그래핀은 약물 전달 시스템의 매개체로 사용됨
- 생체 센서: 산화그래핀은 고감도 생체 센서로 활용되어 생체 내 투여 후 실시간 생체 모니터링이 가능함

"그래핀과 산화그래핀의 혁신적인 특성이 바이오 산업에 어떻게 활용이 되는지 살펴보겠습니다. 인간의 경이로운 복합적인 사고를 가능케 하는 신경 구조는 신경세포, 뉴런이라는 특이한 세포로 구성이 됩니다. 인간의 뇌 속에는 수백억 개의 뉴런이 짧은 신호(스파이크)를 주고받을 때 인간이 오감으로 느끼며 생각하고 행동하게 합니다.

형태학적이나 기능적으로도 독특한 뉴런은 작은 전극의 자극에도 급히 세포 내부 전압을 만들어 반응을 하는데, 이 전기적 활성을 활동전위action potential, AP라고 하며 이것이 뉴런의 작동 방식이며 본질적으로 정보의 빠른 전달의 기능을 하는 뉴런(신경세포)의 기원입니다.

그래핀과 산화그래핀의 특성을 이용한 반도체 칩을 인체 뇌에 삽입하여 신호를 전달하는 기술로 '뉴로모픽 칩Neuromorphic Chip'을 만듭니다. 뉴로모픽 칩은 인간의 뇌 구조와 기능을 모방하여 설계된 반도체 칩으로, 신경세포(뉴런)와 시냅스의 신호 전달 방식을 재현합니다."

뉴로모픽 칩의 실제 적용 사례

- 의료 분야: 뉴로모픽 칩은 뇌-기계 인터페이스(BMI) 기술에 사용되어, 신경 신호를 읽고 해석하여 인공 사지나 외부 장치를 제어하는 데 활용
- 인공지능(AI): 뉴로모픽 칩은 AI 시스템의 성능을 향상시키는 데 중요한 역할을 하며, 특히 이미지 인식, 음성 인식 등 비정형 데이터 처리에 강점을 보임

"산화그래핀의 특성을 기반으로 제조되는 뉴로모픽 칩은 위에 설명한 것처럼 다양하게 활용될 수 있는데, GERHQ의 인구 감소 과제를 위한 mRNA/약물전달체 제조에 활용을 한다면 생체의 신호를 디지털화하여 기계로 보내고 기계가 그 신호의 명령을 수행하게 하는 기술개발을 비롯하여 생체와 기계 사이의 상호 신호 전달을 하게 하여 생체를 외부의 신호에 의해 제어를 할 수 있는 새로운 영역의 연구로 나아갈 수 있다고 봅니다. 그러므로 이번 인구 감소를 위해 제조되는 mRNA/약물전달체에 이러한 칩을 넣어서 유전자 변화로 일어나는 신체의 적응 관련 신호를 칩을 통해 모니터링 하는 연구가 가능할 것입니다."

복합 기능을 가진 mRNA/LNP약물전달체는 다음과 같은 기능을 수행할 수 있을 것이다.

- 사스바이러스 감염에 대응하기 위해 만들어진 mRNA는 접종 후 생체 내에 항체를 만들어 그 바이러스의 침입 시 항체 중화작용으로 방어함
- NRMnon-replicating mRNA과 비교하여 SAMself-amplifying mRNA의 과량의 스파이크 단백질 합성을 위한 성능을 확인
- 생리 및 생식 기관에 작용을 할 mRNA는 호르몬 조절과 생리 기능, 그리고 임신 기능 등에 영향을 끼쳐 출산율을 낮춤
- LNP 약물전달체에 삽입되는 산화그래핀 칩들은 생체 내에서 일어나는 신호를 5G 시스템을 통해 데이터를 생체 밖으로 전달하여, AI가 번역하고 필요 시 AI는 역으로 생체에 존재하는 칩들에게 외부 신호를 전달하여 생체의 기능을 통제하는 실험을 추진

수잔이 말했다.

"이번 과제를 통해 GERHQ가 목표로 하는 미래의 인구 감소에 의미 있는 결과를 가져오길 바라지만 결과가 바라는 만큼 좋지 않다고 하더라도 이 과제를 통해 우리는 중요한 데이터를 모을 수 있을 것이며, 그 데이터를 바탕으로 4차원의 세계로 갈 수 있는 새로운 연구가 진행될 수 있을 것입니다."

제9장

mRNA 백신의 안전성 평가:

스파이크 단백질과 산화그래핀

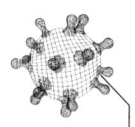

mRNA/LNP 백신 시제품에 대한 안전성 평가팀장, 프랭크의 보고

“산화그래핀으로 둘러싼 mRNA/LNP 냉동 백신 제품을 해동하여 주사한 백신 물질이 어떻게 체내 세포에 제대로 전달이 되는지 그리고 백신 물질이 체내에서 부작용을 일으키지 않고 배출이 잘 되는지 등을 확인하기 위해 동물 실험을 수행했습니다. 백신이 목표한 체내 세포 내부까지 전달되는 경로를 추적 파악하기 위해 방사선 동위원소 물질을 백신에 달아서 동위원소가 체내에서 어떻게 흘러가는지 그리고 세포 조직 부근이나 목표한 지점인 세포조직 내에서 발견이 되는지를 시각적으로 보는 것입니다. 즉 동위원소가 연결 된 백신을 동물 생체 내에 주사 후 생체 내에 분포된 동위원소의 영상 이미지를 통해 백신의 흐름을 간접적으로 확인하는 실험인 것입니다.

홍미롭게도 본 방사선 동위원소를 이용한 동물 실험을 한 결과 mRNA 백신이 온전하게 목표한 세포 안으로 들어가는 것이 확인되지 않았습니다. 예상과는 달리 백신을 동물 생체에 주사한 후 생체의 따듯한 온도 때문에 백신 LNP물질 자체가 곧 깨어지기 시작하는 것을 보여주었습니다. 이는 왜 제조된 백신을 즉시 냉동 보관해야 하는지의 이유를 말해 주는 것입니다. 아마도 냉동된 백신을 해동한 후 곧바로 주사한 백신의 일부 mRNA는 목표한 세포 내로 들어가서 필요한 단백질을 만드는 일을 했을 것이나, 투여한 백신의 많은 부분은 생체 주입 후 해체 분리가 되어 mRNA, 리피드, 산화그래핀, 그리고 다른 미확인 물질들이 제각각 생체 내에 떠돌아다니는 것이 확인이 되었습니다.

생체 내에서 백신 해체 분리로 인한 문제는 다음과 같습니다. 각각 떠돌아다니는 나노 크기의 수많은 산화그래핀이 생체내의 미세 기관과 조직 그리고 세포들 (예, 적혈구, 백혈구, 혈소판, 면역세포, 혈관벽 등)에 협착되어 이들의 생리적 기능을 방해하여 여러 가지의 심각한 부작용을 일으키는 것입니다. 즉 혈관에 떠다니는 나노 크기의 산화그래핀 입자는 적혈구와 백혈구, 혈소판, 면역 세포, 사이토카인, 혈관 벽 등 다양한 분자와 상호작용합니다. 이러한 상호작용은 세포 기능을 방해하고 면역 체계를 약화시키며, 신체의 정상적인 기능을 방해할 수 있으며, 잠재적인 합병증에 대한 우려를 높입니다."

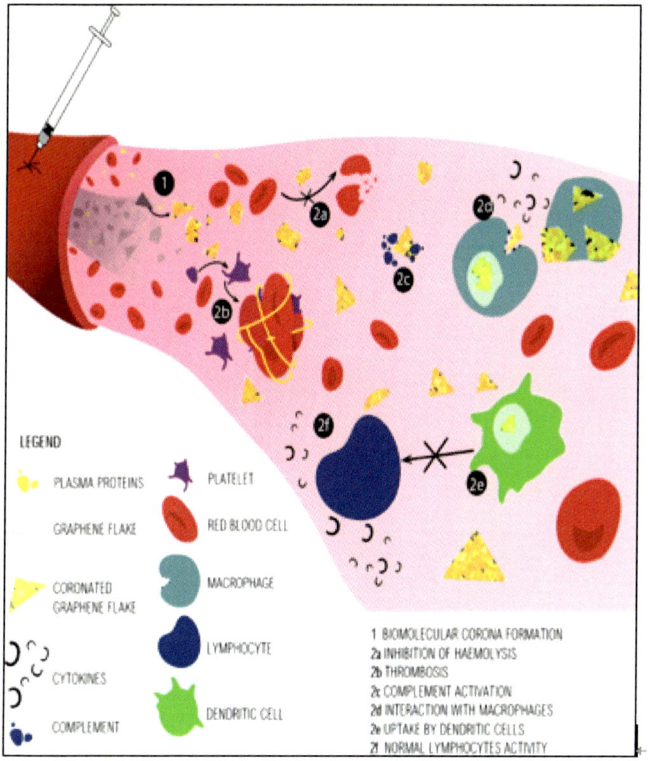

출처: Self-Assembling Property of Graphene Derivates Chemico-Physical and Toxicological Implication- HARVARD LIBRARY INDEXED, October 2022, Advances in Pharmacology & Clinical Trials 7(4):206

프랭크는 위 동물 실험의 결과로 나타난 생체에 주사 뒤 빠르게 이어지는 mRNA 백신 LNP의 분해로 인한 생체 내에서 산화그래핀과 관련된 위험성에 대한 추가 조사를 필요로 한다고 결론지었다.

mRNA 백신 LNP의 분해의 추가적인 시각적 증거

백신 투여 후 바이알에 남은 백신 잔유물을 입체 전자 현미경으로 검사한 결과, 주목할 만한 세부 사항들이 밝혀졌다.

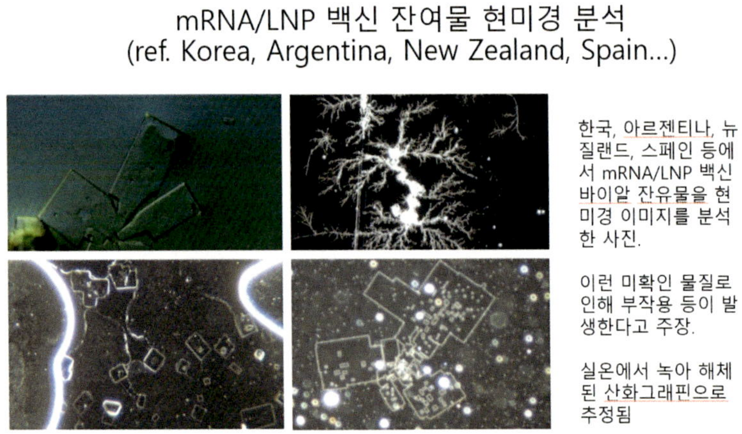

mRNA/LNP 백신 잔여물 현미경 분석
(ref. Korea, Argentina, New Zealand, Spain...)
한국, 아르젠티나, 뉴질랜드, 스페인 등에서 mRNA/LNP 백신 바이알 잔유물을 현미경 이미지를 분석한 사진.
이런 미확인 물질로 인해 부작용 등이 발생한다고 주장.
실온에서 녹아 해체된 산화그래핀으로 추정됨

출처: Dr. Y.M. Lee, MD의 mRNA/LNP 백신 잔유물에 대한 입체 현미경 검사

위 사진들은 대한민국, 아르헨티나, 뉴질랜드, 그리고 스페인에서 각각 바이알이 남은 mRNA/LNP 백신 잔유물을 현미경으로 이미지를 찍은 사진들이다. 이들은 실온에서 녹아 해체된 산회그래핀 혹은 나노칩으로 추정이 된다.

mRNA가 만든 스파이크 단백질의 독성

세포 내부에 들어가면 mRNA는 유전코드 지침을 따라 스파이크 단백질 합성을 한다. 그리고 인간의 면역 체계는 이러한 스파이크 단백질을 이물질(항원)로 인식하여 항체를 생성한다.

하지만 지속적인 단백질 합성을 위해 설계된 자가증폭 mRNA(SAM)의 도입은 심각한 문제를 일으킨다. 자가 증폭 mRNA(SAM)에 의해 생산된 과량의 스파이크 단백질 체내에 독성을 유발할 가능성이 크다. 스파이크 단백질의 공격적인 독성은 체내 여러 기관에서 혈관질환을 발생시킨다.

mRNA 백신 접종 후 혈관 부작용

- 장출혈: 과량의 스파이크 단백질은 장 내부의 취약한 혈관을 손상시켜 출혈을 유발

• 뇌출혈: 과량의 스파이크 단백질이 뇌의 혈관을 약화시켜 뇌출혈을 초래

• 심장 질환: 과량의 스파이크 단백질의 공격적인 독성이 심혈관 시스템에 영향을 미쳐 심장 관련 질환 발생

산화그래핀에 노출된 쥐의 조직병리학적 변화 및 간과 신장 효소 수치 변화

27일간 산화그래핀 독성으로 인한 쥐의
조직병리학적인 변화 (뇌, 고환, 폐)

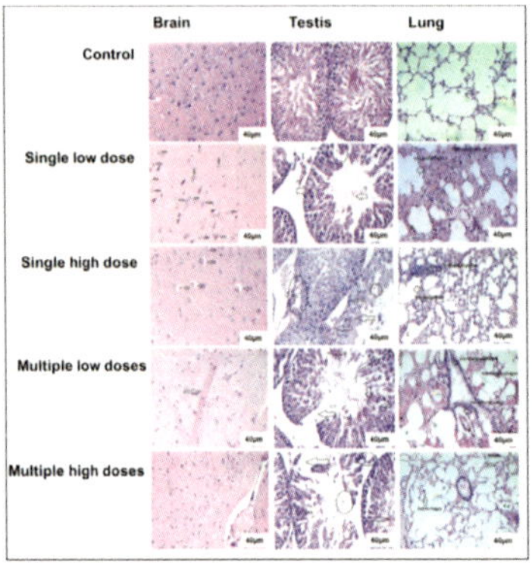

27일간 산화그래핀 독성으로 인한 쥐의
간 및 신장 효소 수치 변화

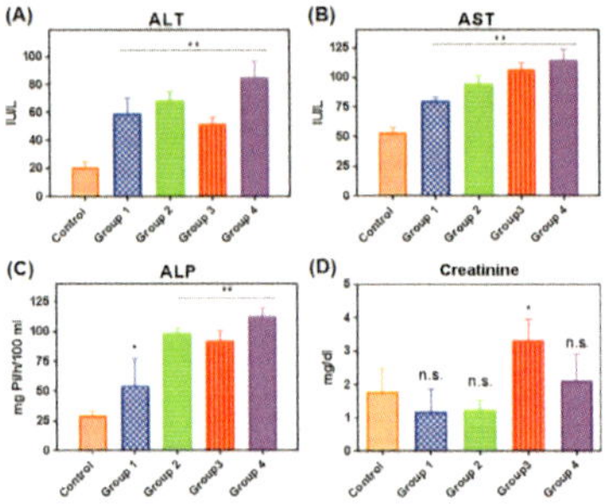

출처: T.A. Tabish et al. (Applied Materials Today 12, 2018)

실험 쥐가 산화그래핀에 27일 동안 노출했을 때의 영향을 조사한 연구는 다음과 같은 중요한 조직병리학적 변화를 밝혀냈다.

조직 병리학적 악화

뇌, 고환, 폐와 같은 주요 장기의 세포 형태가 산화그래핀 노출과 농도가 증가함에 따라 악화되었다.

효소 수치

간 및 신장 효소 수준에 큰 변화가 관찰되었으며, 이는 산화그래핀 노출의 농도와 빈도에 직접적으로 비례했다.

이 연구 보고서는 실험동물에 있어서 산화그래핀 및 스파이크 단백질에 대한 노출이 명확한 독성 위험을 보여주는데, 이것은 mRNA/LNP 백신 투여 후 인간에서도 유사한 독성이 예상되는 것을 말해 주는 것이다.

안전성 평가팀의 결론 및 권장 사항

프랭크의 안전성 평가팀은 인간에 대한 백신투여 임상시험 전에 자가 증폭 mRNA 및 백신에 사용된 산화그래핀과 관련된 위험 및 부작용을 완화할 대체 방법을 찾을 것을 강력히 권장했다.

CEO 존의 대담한 결정과 임상시험 추진

"먼저 마케팅, 개발, 전략기획, 안전성 평가팀의 과제분석 보고에 감사드립니다. 저는 회사 임직원과 주주들의 이익을 위해 사업을 총괄하는 임무를 맡고 있습니다. 저는 CEO로서 과제 계획을 승인 감독하고 이를 직원과 주주들에게 이익이 되는 방식으로 실행시키는 것이 저의 업무입니다.

우리는 모든 사업에는 항상 위험이 따름을 알고 있습니다. 우리의 임무는 이러한 위험을 관리하고, 경우에 따라 이를 기회로 전환하는 것입니다. 우리는 이 회사의 성공과 주주의 이익을 위해 함께 노력하고 있습니다.

오늘 저는 각 팀이 제시한 위험평가와 기회를 동시에 인지하고 검토했습니다. 저는 보고받은 대로 사업 진행에 따른 위험성을 인지합니다. 모든 신약 개발은 여러분이 보고한 유사한 도전과 위험에 직면한다고 봅니다. 그리고 FDA가 위험보다 혜택이 더 클 때 신약을 승인하는 것처럼, 저는 보고된 위험보다 백신 개발은 인류를 위한 혜택이 더 크다고 믿습니다.

그리고 다른 회사들의 백신 개발을 위한 빠른 움직임과 시장정보를 근거로 한 저의 판단으로는 백신 개발 사업의 진행이 옳다고 봅니다. 다른 회사들이 유사한 백신을 신속히 개발하고 있으며 팬데믹이 발생할 경우 백신에 대한 높은 수요가 예상되기 때문에 우리는 뒤처질 여유가 없습니다. 회사의 큰 발전과 주주들의 이익을 위해 마케팅과 전략기획팀에서 보고한 새로운 기회를 놓칠 수가 없다고 봅니다.

그러므로 다음 단계인 시제품 임상시험을 위한 예산을 승인합니다. 경쟁사의 백신 개발 속도에 뒤처지지 않게 임상 개발팀은 빠르게 임상시험을 추진해 주시길 바랍니다."

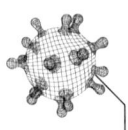

제10장
mRNA/LNP 백신 임상시험 결과 보고

신종 사스코로나 바이러스 감염의 확산에 따라 WHO는 코로나19 팬데믹을 선언했다. 이에 따른 위급한 상황에 대처하기 위해 미국 정부는 개발 백신의 긴급 판매를 승인을 한다고 발표했다. 회사로부터 긴급한 임상시험 진행을 요청받은 샘Sam은 위탁 CRO와 함께 초스피드로 임상시험을 진행했다. 그리고 그 임상시험 결과를 회사에 보고한다.

임상 개발팀 샘의 보고

"WHO의 백신임상시험 가이드라인에 따라 간단하고 빠르게 임상시험을 진행했습니다. 먼저 백신 임상시험 요점과 결과를 다음과 같이 보고드립니다."

임상 연구 보고서 요약: 백신 효능 계산, 면밀한 검토 및 윤리적 문제

• 피험자 대상: 건강한 19~50세 개인 • 제외 대상: 기저 질환이 있는 사람
백신 개발 임상시험 지침에 따라 샘은 포괄적인 프로토콜을 준비하고 임상시험 피험자를 모집하여 두 그룹으로 무작위로 나누었다.

• A 그룹: 18,198명의 참가자가 백신 접종을 받음
• B 그룹: 18,325명의 참가자가 위약 접종을 받음

• 면역원성 평가 면제:항체 반응을 평가하여 항원을 중화하고 보호 효과를 예측하는 면역원성 평가

• T-세포 반응: 백신 접종 후 평가
• 항체 수준: 두 번째 접종 후 2주 뒤, 기준선 수치와 비교하여 측정

임상시험은 면역원성(항체 생성)과 백신 효능 간의 상관관계를 확립하는 것을 목표로 해야 하나 시간 제한과 코로나19 백신에 대한 명확한 상관관계 부재로 인해 이 요구 사항은 FDA로부터 면제되었다.

그 대신 임상시험은 백신 그룹과 위약 그룹 간의 감염률 차이에 중

점을 두었다. 즉, 각 피험자에게는 백신 또는 위약을 2회 접종했다. 두 번째 접종 후 2주 뒤, 새로운 바이러스 감염 여부를 확인하여 백신의 유효성 평가를 했다.

	A백신 투여군 18198명	B위약 투여군 18325명
코로나 감염된 피험자 수	8명(0.04%)	162명(0.88%)
코로나 감염 안된 피험자 수	18190명(99.95%)	18163명(99.12%)

임상시험 데이터의 세부 분석

피험자들 사이에서 감염을 예방하는 백신 효능을 계산하기 위해 다음 등식을 사용한다.

감염된 피험자 대상 위약 대비 백신 유효성(감염 예방효과) 계산을 하면,

백신 효능 = (ARU - ARV) / ARU x100

- ARU (attack rate in unvaccinated population) 위약 접종그룹의 감염 발생률
- ARV (attack rate in vaccinated population) 백신 접종그룹의 감염 발생률
- AR (attack rate) 감염 발생률

(ARU - ARV)/ARU x 100 = (162-8)/162 x 100 = 95% à95% 예방 효과

를 보인다.

즉, 이 계산은 감염된 피험자들 사이에서 백신이 위약에 비해 감염 사례를 95% 감소시켰음을 의미한다.

그러나 감염되지 않은 피험자 대상으로 위약 대비 백신 효과 계산을 하면,

백신 효능 = (URV - URU) / URV ×100

- URV(uninfected rate in vaccinated population): 백신 접종그룹의 감염 미발생률;
- URU(uninfected rate in unvaccinated population): 위약접종그룹의 감염 미발생률
- UR (uninfected rate)

(URV - URU)/URV × 100 = (18190 - 18163)/18190 × 100 = 0.15%,

위약 대비 미 감염 발생 효과는 0.15% à0.15% 예방효과에 불과하다.

이는 감염이 안 된 피험자들을 대상으로 비교 계산했을 때 백신이 감염을 낮추는 효능은 0.15%에 불과하다는 것을 의미한다.

분석 및 해석

- 99.12%의 백신 비접종자들이 바이러스 감염이 되지 않았다.
- 99.95%의 백신 접종자들이 바이러스 감염이 되지 않았다.

차이점은? 위약 그룹에 비해 백신을 접종한 그룹의 피험자 중 단 0.15%(1만 8,190명 중 27명)만 감염을 피했다는 것이다.

따라서 95%의 효능 비율은 인상적으로 보일지 몰라도 이는 감염된 소수 그룹(3만 6,488명의 총 참가자 중 170명)에만 적용된다.

- 0.04% (1만 8,198명 중 8명)만 백신 접종 그룹에서 감염
- 0.88% (1만 8,325명 중 162명)만 위약 접종 그룹에서 감염

즉, 백신 접종 여부에 관계없이 99% 이상의 대다수 피험자들은 바이러스에 감염되지 않았다.

샘의 윤리적 딜레마

샘은 데이터를 통해 나타난 의미를 무시할 수 없었고 고민에 빠졌다. 백신 효능 95% 주장은 전체 피험자 중 1%도 안 되는 아주 작은 수

의 감염된 피험자들의 비교 계산이 기반 되었고, 즉 백신을 맞지 않아도 99.12%가 바이러스 감염이 되지 않은 반면 백신 접종은 0.15%의 혜택만을 제공했기 때문이다.

샘은 아무도 답하려 하지 않는 질문을 던졌다.

"이 임상 데이터는 다음과 같은 질문을 하고 있습니다. 자연적으로 강한 선천 면역을 가지고 있는 99%의 인구가 0.88%의 취약한 사람들을 위해 백신 접종을 의무적으로 받아야 합니까? 그리고 백신 면역원성과 효능을 연결하는 데이터는 어디에 있습니까? 왜 백신의 면역원성을 증명해야 하는 데이터 제출이 면제되었는지요?

백신이 유도한 면역 반응(면역원성)이 감염 예방에 실제로 효과적인지 명확한 연관성을 설정하는 것이 중요합니다. 백신 효능은 일반적으로 백신 접종 후 생성된 항체의 수치로 측정되며, 면역원성은 감염을 예방하는 신체 능력을 의미합니다. 그러나 이 경우 알 수 없는 이유로 면역원성 데이터 제출은 면제되었으므로 백신이 유도한 면역 반응(면역원성)이 감염 예방에 실제로 효과적인지 알 수가 없습니다.

CRO의 임상 보고서는 단지 위약 대비 백신이 우월하다는 주장을 뒷받침하기 위해 유리하게 보이는 부분의 데이터만 억지로 선택했습니다. 이러한 95% 백신 효능 주장은 허구이며 건강한 인간에 대한 기만일 뿐입니다.

그리고 피험자들로부터 백신 투여로 인한 다양한 부작용이 보고

되고 있는데 6개월의 임상시험 기간으로는 부작용 관찰 기간이 너무 짧아서 백신의 안전성을 결론짓기에 매우 불충분하다는 점을 지적합니다. 따라서 6개월간 데이터를 기반으로 한 mRNA 백신 시제품의 안전성은 아직 결론을 내릴 수 없습니다."

CEO 존의 단호한 결정

회의에서 존은 침착하지만 단호한 목소리로 팀을 향해 이야기했다.

"샘, 임상시험 결과 보고에 감사드립니다. 당신이 제기한 여러 이슈들을 이해하지만 우리는 지금 팬데믹 상황에 처해 있습니다. 정부는 새 백신에 대한 긴급 FDA 승인을 지원하겠다는 신호를 보냈습니다. 지금은 전 세계적으로 긴급히 백신을 공급해야 하는 상황이라 약간 불충분한 데이터이지만 FDA로부터 긴급 승인을 받을 수 있을 것입니다. 최근에 대통령께서도 새로운 백신에 대한 FDA 긴급 승인을 지지한다고 언급했습니다.

그리고 제가 따로 외부에서 받은 아스트라제네카 백신의 유효성에 대한 데이터를 보았습니다. 백신 임상 개발 가이드라인이 유사한지 어떤지는 모르겠습니다만 그들도 우리와 같은 방식으로 유효성을 계산했는데 우리 백신의 95% 보다 효능이 62%로 낮게 나왔습니다."

	백신 투여군 4440명	위약 투여군 4455명
코로나 감염된 피험자 수	27명(0.61%)	71명(1.59%)
코로나 감염 안된 피험자 수	4413명(99.39%)	4384명(98.41%)

ARUattack rate in unvaccinated population 위약 접종군

ARV (attack rate in vaccinated population) 백신 접종군

AR (attack rate) 감염 발생률

위약 대비 백신 유효성 계산

(ARU - ARV)/ARU × 100 = (71-27)/71 × 100 = 62%

"계산된 수치를 가지고 아스트라제네카 백신 유효성 62%와 비교를 하면 95% 유효성을 보인 우리 백신이 더 효과적일 것이므로 허가팀은 백신 개발자료 및 임상시험 보고서를 정리해서 FDA에 제출 바랍니다. 마케팅팀은 글로벌 출시 준비를 시작하고, PR팀은 미디어 및 이해관계자와 소통하여 새 백신이 사람들을 바이러스 감염으로부터 보호하며 그들의 건강과 생명을 지키는 데 매우 중요하다는 점을 홍보해 주세요. 시간이 중요합니다. 지금 즉시 행동해야 합니다."

그러나 샘은 여전히 우려를 품은 채 CEO 존의 말을 들었고 이상하게 계산된 백신 효능 수치와 6개월간 매우 짧게 진행된 임상시험으

로 검정이 덜된 백신 접종으로 인해 사람들에게 불안한 미래가 펼쳐지게 될 것임을 우려했다.

백신의 예방효과 (Reference: **대한민국 질병청 발표 자료**)

- **식품의약품안전처 허가심사 시 제출된 임상시험자료에** 따르면, 아스트라제네카 **코로나19 백신의 예방효과는 약 62%**를 나타냈습니다.[5]
  * 영국(2·3상)·브라질(3상) 등 2건의 임상에서 코로나19 바이러스 음성인 18세 이상의 8,895명 (백신군 4,440명, 대조군(비교군) 4,455명)대상 실시(코로나19 발생: 백신군 27명, 대조군(비교군)(비교군) 71명)

- 식품의약품안전처 허가심사 시 제출된 임상시험자료에 따르면, 화이자 **코로나19 백신의 경우 약 95%의 예방**효과를 나타냈습니다.[6]
  * 미국 등에서 실시한 다국가 임상시험에서 코로나19 바이러스 음성인 16세 이상 3만 6,523명(백신군 1만 8,198명, 대조군 1만 8,325명)을 대상으로 평가한 결과, 코로나19로 확진받은 사람은 백신군 8명, 대조군 162명 발생

- 식품의약품안전처 허가심사 시 제출된 임상시험자료에 따르면, 얀센 **코로나19 백신의** 경우, 코로나19로 확진받은 사람이 14일 이후 백신군 116명, 대조군 348명이 각각 발생하여 **66.9%의 예방**효과를 나타났고, 28일 이후에는 백신군 66명, 대조군 193명으로 **66.1%**의 예방 효과를 보였습니다.[7]

- * 미국 등에서 실시한 다국가 임상시험에서 코로나19 바이러스 음성인 18세 이상 3만 9,321명(백신군 1만 9,630명, 대조군 1만 9,691명)을 대상으로 평가한 결과, 식품의약품안전처 허가심사 시 제출된 임상시험자료에 따르면, 모더나 **코로나 19 백신의 예방효과는 94.1%**를 나타냈습니다.[8]
  * 미국에서 실시한 임상시험결과, 코로나19로 확진받은 사람이 백신군 11명(14,134명 중), 대조군 185명(14,073명 중)이 각각 발생

- 우리나라에 도입될 예정인 화이자 코로나19 백신, 모더나 코로나19 백신, 아스트라제네카 코로나19 백신의 임상시험결과 **세계보건기구에서 제시한 백신의 유효성 기준인 50%를 모두 넘어섰기 때문에 감염예방 및 유행 차단에 효과가** 있을 것으로 기대하고 있습니다.

위와 같이 이상한 방식의 백신 효능 계산에도 불구하고 대한민국 질병관리청은 위의 표와 같이 수입한 4가지의 백신들의 억지 효능을 발표하여 국민들에게 홍보했다. 대한민국 식약처장이나 질병관리처장은 백신을 맞을 국민들을 위해 도대체 이러한 내용을 읽어 본적이나 검토해 본 적이 있는지 궁금하다.

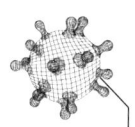

제11장

FDA의 신속한 백신 승인:

대통령실에 제출된 밥의 보고서

백신 제품 신속허가 위한 STFSpecial Task Force 팀 구성과 정치권에 로비

CEO 존이 말했다.

"이번 사업은 예전과는 달리 내부의 백신 개발업무만으로는 성공할 수가 없고 백신 제품허가를 위한 정부규제 기관뿐만 아니라 언론 및 홍보 그리고 마케팅을 비롯한 외부의 여러 기관들과의 협업이 세계 시장에서 성공을 가름할 것으로 봅니다. 그래서 특별히 외부와의 협업을 추진할 STFSpecial Task Force 팀을 만들겠습니다.

STF는 정부 기관, FDA, CDC, WHO, 국제백신개발연구소, 그리고 세계의 여러 주요 언론/홍보 기관들과 면밀한 소통을 해야 할 것입니다. 주위에 많은 전문가들이나 이해관계자stakeholders들이 있으니 STF는 그들의 관점에서 보는 의문점과 도전을 미리 해소시키는 작업을 진행하길 바랍니다. 특히 언론 및 홍보 기관들의 도움은 절대적으로 필요할 것입니다. 이는 정부 기관의 도움을 통해 언론/홍보 기관을 내편으로 만들거나 반대로 언론/홍보 기관의 도움으로 정부 기관의 지지를 이끌어낼 수가 있으니 다방면으로 전략을 짜서 잘 수행하길 바랍니다. 임상 개발팀은 FDA및 WHO 백신 개발기준에 따라 업무를 추진하길 바라며 이 시점부터 모든 팀은 프로젝트가 성공적으로 마무리될 때까지 STF의 지침을 잘 따르기 바랍니다."

CEO 존은 수잔과 온라인상으로 대화를 나눈다. 수잔이 정리한 GERHQ의 인구 감소를 위한 과제수행 회의록을 이해하고 GERHQ과 함께 협력하여 과제를 추진하기로 합의한다.

예리한 분석력과 조직력 그리고 대외 네트워크까지 겸비한 존은 조만간 일어날 팬데믹 상황에 대해 미리 예측을 하며 촘촘한 실행계획을 만든다. 그는 팬데믹이 계속 진행될 경우 회사가 직면할 수 있는 다양한 도전과 시나리오를 구상하며 글로벌 시장에서 백신 출시 계획을 최종 승인하고 서명했다.

그리고 존은 새로운 백신 개발 및 사업 보고서를 가지고 결정적인 도움을 받기 위해 미국 대통령의 과학 자문관인 밥맥Bob Mac을 만난다.

CEO 존의 밥 맥과의 미팅

"안녕하세요, 밥. 다시 만나게 되어 정말 반갑습니다. 부인 패트리샤Patricia는 잘 지내시나요? W 회사에서 함께 일했던 시간을 되돌아보면 그것은 저에게 정말 소중한 경험이었습니다. 같이 했던 그 귀중한 시간들이 제 경력을 쌓아 올리는 데 큰 도움이 되었고 제가 현재 M 제약 회사의 CEO에 이르렀습니다.

아시다시피 저희 회사는 세계 여러 지역에서 발생하는 전염병에 대한 정보를 지속적으로 업데이트하고 있습니다. 이 데이터를 마케팅 목적으로 분석하고 질병 경향에 맞춘 새로운 사업 방향과 과제를 설정합니다. 최근 정보에 따르면, 중국 우한에서 새로운 바이러스에 의해 발생하는 전염병이 곧 출현할 가능성이 매우 높습니다.

이 다가오는 전염병은 전 인류의 건강에 위험을 초래할 수 있으며 글로벌 팬데믹으로 확대될 가능성이 높습니다. 여러 외국 제약사들이 이미 새 전염병에 대한 백신 개발을 하고 있지만, 새 팬데믹을 대응할 준비가 된 미국 회사는 아직 없으며 우리는 백신 개발에서 외국 경쟁사들보다 상당히 뒤처져 있습니다.

미국 제약 회사들은 새로운 백신을 개발 후 판매를 위한 FDA 승인을 얻는 데 시간이 오래 걸리는 과정 때문에 수백조원 규모의 큰 팬데믹 시장을 놓칠 수 있습니다. 만약 이런 일이 발생한다면 새 바이러스에 대한 미국 백신 시장은 외국 제약사들의 통제하에 놓이게 될 것이며, 이는 미국에 여러 가지 부정적인 영향을 미칠 것입니다. 우리 미국 시민들의 건강이 외국 제약사들의 백신에 좌우되는 큰 불편이 일어날 수 있으며 미국을 정치적으로 취약하게 만들 수도 있습니다. 또한 백신 매출로부터 수백조의 수익뿐만 아니라 백신 개발을 위해 사용할 미래의 새로운 기술에 대한 학습 기회를 놓치게 될 것입니다.

이 모든 이유로, 저는 이 다가오는 팬데믹을 심각한 국가적 위기로 간주할 것을 촉구합니다. 우리는 미국 국민을 보호하고 미국 바이오 제약 산업을 보호하기 위해 밥 당신의 도움이 필요합니다. 저는 정부의 관점이 산업의 관점과 다를 수 있다는 것을 알고 있지만 산업에 이익이 되는 것이 장기적으로 국가 이익에 크게 기여할 수 있다는 점을 염두에 두고 우리의 계획을 검토해 주시길 바랍니다.

미국 국익을 위한 관점에서 저희가 준비한 시나리오와 계획을 잘 이해하시고 도와주시길 부탁드립니다. 그 시나리오와 계획을 포함한 보고서를 바탕으로 곧 닥칠 글로벌 팬데믹 상황을 미리 준비하고 대처함으로써 밥 당신은 국가에 큰 공헌을 할 기회를 가질 수 있을 것입니다. 아마 대통령께서도 상황을 제대로 인지하여 국가 차원에서 준비를 하시면 정치적으로 큰 이득이 될 것으로 봅니다. 시간이 매우 촉박합니다. 정부차원에서 빠른 지원을 해 주시길 부탁드립니다.

우리는 새로운 백신 개발을 신속히 진행하여 시민들의 건강을 보호하는 동시에 글로벌 백신 시장의 리더가 되어야 합니다. FDA에 본 상황을 전달하고 백신의 빠른 판매 승인을 받을 수 있도록 도와주신다면 감사하겠습니다."

밥의 대통령실 내각 회의 보고

밥은 존의 상세한 계획에 전적으로 동의하며, 미국의 국가적 이익을 위해 신속히 행동에 나섰다. 그는 우한의 코로나 바이러스 발병을 긴급 위기로 인식하고 대통령실에 상황을 보고하며 구체적인 실행 계획을 제시했다. 그리고 밥은 주요 내각과 행정부의 지원을 확보하여 팬데믹 긴급 대응 계획이 빠르게 실행될 수 있도록 국가적 긴급 대응 계획 및 협력의 주요 영역을 다음과 같이 공표했다.

국가적 팬데믹 긴급 대응 계획 및 협력의 주요 영역

• 백신 개발 가속화:

미국 제약 회사의 백신 개발 및 생산을 신속하게 진행한다. 그리고 신속한 FDA 승인을 추진해 전 세계에 백신 공급을 빠르게 한다.

• 공공 인식 및 바이러스 경고:

주요 미디어(텔레비전, 소셜 미디어, 신문) 및 홍보 기관을 통해 새 바이러스와 그 위험에 대한 상세한 정보를 발표한다. 그리고 전국적인 캠페인을 추진하여 예방 노력을 독려하며 대규모 백신 접종을 주요 해결책으로 홍보한다.

• 국제 조율:

주요 제약 시장의 각 대사관과 정부 관리에게 바이러스와 백신에 대한 정보를 공유한다. 그리고 미국에서 개발된 백신의 전 세계적 승인과 배포를 원활히 지원하도록 한다.

• WHO 팬데믹 선언:

WHO와 협력해 WHO가 새로운 바이러스 등장으로 인한 비상상황을 팬데믹으로 선언하고 전 국민들의 일상생활을 통제하여 2차 감염을 막도록 한다.

• 공중 보건 규정:

마스크 착용 의무화 및 사회적 거리 두기 조치를 시행한다. 그리고 대규모 모임을 제한하고 공공 시설과 학교를 폐쇄하며, 직장 업무를 원격으로 전환한다.

• CDC(질병통제센터) 주도의 글로벌 협력:

CDC는 팬데믹 관련 정보와 공중보건규정을 국제 파트너들과 교환한다. 그리고 다른 국가들이 유사한 방역 조치를 채택하도록 권장한다.

• 긴급 대응 및 재정 지원:

팬데믹이 진정될 때까지 시민들의 일상생활을 엄격히 통제한다. 그리고 공공 기관, 미디어 및 PR 캠페인 지속을 위한 예산을 충분히 지급하며 전 국민에게 무료 백신 접종을 하기 위한 정부 자금을 지원한다. 더 나아가 팬데믹 관련 통제 및 제한으로 영업에 영향을 받은 소규모 기업에 재정적 보상을 제공한다.

제12장

공포 마케팅

수잔이 말했다.

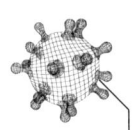

"존, 당신이 앞서 이야기한 많은 경험과 함께 과감히 그리고 면밀히 일을 추진하는 능력을 보면서 나는 왜 당신이 글로벌 기업의 CEO인지를 알겠습니다. 당신의 힘과 도움이 GERHQ 과제 추진에 얼마나 큰 도움이 되는지 말로 표현할 수 없습니다. 많은 어려운 과정을 극복하고 개발된 mRNA/LNP 백신의 전 세계인들을 대상으로 한 접종은 지구와 인류를 구하기 위해 매우 가치가 높은 일일 것입니다. CEO 존께서는 기업측에서 열심히 도와주시고 저는 GERHQ의 자원을 총동원하여 이번 과제의 성공을 위해 매진하겠습니다.

그런데 전 세계인들을 대상으로 짧은 시간 내에 새로운 바이러스 감염과 전파를 일으키는 것은 정말 쉽지 않은 일입니다. 전 세계적으로 바이러스 감염이 전파되고 곧이어 대대적으로 전 세계인들을 대상으로 mRNA/LNP 백신 접종을 성공하기 위해서는 언론 및 홍보 기관들의 도움이 매우 중요할 것으로 보입니다. 새로운 사스바이러스 감염에 대한 위험과 백신 접종 중요성을 전 세계인들에게 널리 그리고 빠르게 알리기 위해 SNS 미디어를 이용한 심리전도 함께 요구되겠습니다. 이 일을 위해서 글로벌 마케팅 전문가 크랩트리Crabtree를 초대했습니다. 그의 경험과 자문을 들어 보겠습니다."

크랩트리가 말했다.

"대중들에게 어떤 소식이나 정보를 알리는 방법은 목적에 따라 다양합니다. 본론으로 들어가기 전에 제가 가족과 함께 휴가를 갔다가 경험한 우스운 이야기로 시작하겠습니다. 수년 전에 방문한 10월 레이크 타호의 크리스털 호수는 클레오파트라의 에메랄드 반지처럼 우아하게 반짝이는 색깔의 아름다운 풍경이었습니다. 그런데 레이크 타호 주변에 있는 하우스와 프라이빗 비치에서 즐겼던 아름다운 풍경과 평화로웠던 시간은 급작스럽게 밀어닥친 눈보라로 덮여 버렸습니다. 휴가를 즐긴 후 샌프란시스코로 차를 운전해 돌아가다가 급변한 날씨를 마주한 사람들은 도로에 쌓인 갑작스러운 눈 때문에 거북이 걸음처럼 차를 천천히 운전해 내려갔었지요. 그런데 내리막 도로의 어느 코너에서 갑자기 산적 같은 자들이 몇 명 나타나서 길을 막고 지나가는 차에게 스노우체인을 강매하는 일이 일어났었지요. 을씨년스럽게 눈이 쌓인 도로 위에서 그들이 조성하는 무서운 분위기에 대부분의 운전자들은 스노우체인을 비싼 돈을 주고 살 수밖에 없었습니다. 그러나 힘들게 스노우체인 장착 후 5분 정도 운전을 하고 내려가니 지대가 낮은 아래 길에는 햇볕이 비치고 눈이 전혀 없어 비싸게 사서 장착했던 스노우체인을 곧 다시 풀 수밖에 없었던 우스운 일을 사람들이 경험을 했답니다.

제가 이 경험을 꺼내 이야기하는 것은 갑작스런 외부의 충격이나 자극에 대해 인간들의 매우 단순한 반응에 대해 말하려 함입니다. 사람들은 단 5분 뒤에 알게 될 사실을 예측하지 못합니다. 그들은 얼마 멀지 않는 언덕 아래에는 온도가 높은 사막 기후 지대여서 눈이 없고 곧 스노우체인이 필요 없을 것이라는 것을 인지하지 못하고 조성된 두려움에 비싼 돈을 지불하고 스노우체인을 구매한 것이지요. 그 산적 같은 자들이 이용한 것은 나쁜 날씨와 공포감입니다. 공포감을 조성하여 지나가는 모든 차들로부터 쉽게 돈을 거두어 간 것입니다.

이와 마찬가지로 모든 상품 마케팅에 있어서 인간의 오감을 자극시키는 광고는 상업적으로 큰 효과를 가져옵니다. 그중 건강에 관련된 두려움을 자극하면 매우 효과적이고 사람들은 그 메시지에 곧바로 순종하게 되지요. 인간의 감성 중 특히 건강과 생명에 대한 위협을 자극하면 그 광고 효과는 정말 탁월해집니다. 이러한 광고 방식은 자본주의, 사회주의, 공산주의, 기독교, 천주교, 이슬람교, 불교, 등 할 것 없이 세계 어느 곳에서나 통합니다.

근래에 이르러 소비자들의 공포심에 대한 감성을 일으키는 대표적인 광고는 수십 년 전에 시작된 항균 제품 마케팅이었을 것입니다. 그중 대표적인 S항균비누의 마케팅을 예로 볼까요? 그 회사 제품 개발팀은 일반비누와 항균 비누로 각각 손 피부를 세척한 후 손 피부에 존재하는 여러 종류의 박테리아 제거 효력을 측정했습니다. 그 결과는 항균 비누의 박테리아 제거 효력은 일반비누의 효력과 유의미한 차이가 없었습니다. 그럼에도 불구하고 마케팅 팀은 'S항균 비누는 99.9% 세균박멸을 한다'라는 선전을 하며 특히 어린아이들의 세균감염을 막아 여러 가지의 질병예방에 도움을 준다고 광고를 하지요. 이 광고에 접한 대부분의 부모들은 항균 화학 물질이 실제로 유해할 수도 있다는 점을 모르고 S항균 비누를 그냥 구매합니다.

제가 사람들의 감성을 자극해서 상업 행위를 하는 여러 예를 든 것은 사람들은 공포를 이길 수 없다는 것을 말하려고 하는 것입니다. 예로부터 정치적으로나 사회적으로나 종교적으로나 백성들은 자신도 모르게 공포의 노예가 되어 살아왔습니다.

그러니 이 과제의 성공을 위해서 수잔의 말씀대로 공포 마케팅이 정답입니다. 새로운 사스코로나 백신 접종을 전 세계적으로 일으키려면 대중의 오감을 자극하는 공포스런 마케팅이 필요합니다. 본 과제를 위해 중요한 점은 어떻게 공포 마케팅을 하는가 하는 방법이 핵심이 되겠습니다.

텔레비전나 SNS 매체를 통해 사스코로나에 감염된 환자가 중환자실에서 고통받으며 죽어가는 쇼킹한 장면을 보여 준다면 효과는 엄청날 것입니다. 전 세계적으로 텔레비전과 SNS 미디어를 통한 공포스러운 장면을 보여주는 광고를 공격적으로 해야 하며 여기에 텔레비전나 언론매체를 통해 잘 훈련된 감염내과 의사들의 입을 빌려 바이러스의 위험성을 알리며 지속적인 백신 접종 캠페인을 진행해야 할 것입니다.

백신 접종을 신속하게 그리고 최대화하기 위해서는 전 세계적으로 국민들을 대상으로 감염의 위험에 대한 정보를 전파시키고 이어서 전국적인 비상 조치를 발표하게 해야 합니다. 이를 위해 WHO와 각 나라 질병관리본부의 역할이 중요하겠습니다."

제13장
프로젝트 진행에 대한 수잔의 최종 고뇌

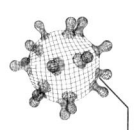

유전자 조정 기술에 근거한 mRNA/LNP 코로나19 백신 글로벌 투여 과제에 대한 기획이 완료된 날 수잔은 이사회 회의실에서 GERHQ 미션과 본 과제의 목적에 대해 큰 목소리로 세 번 읽었다. 읽는 도중 그녀는 느닷없이 터져 나오는 눈물을 감추기 위해 복도 밖에 있는 화장실로 달려갔고 자신의 울음소리가 들리지 않도록 입을 틀어막았다.

주체할 수 없었던 어떤 감정이 썰물처럼 빠져나간 그날 저녁 수잔은 외로웠다. 그녀는 창문 밖에 어둠이 깔리는 먼 산을 바라본다. 하늘로부터 산의 어두운 실루엣은 가린 달빛과 어우러져 있었고 혼란스러운 생각들이 그녀의 마음속에서 소용돌이친다.

"세상에는 모든 수단을 총동원해도 이룰 수 없는 일들이 많다. 이 과제는 성공을 해도 실패를 해도 과제 실행 후 나타나는 수많은 결과물들로부터 오는 후유증이 강물처럼 흐를 것이다. 얼마나 오래 걸릴지 모르는 그 후유증으로 인한 좌절감이 식혀진 그다음에도 나는 스스로의 외로움과 슬픔을 납득해야 한다. 그리고 그 뒤에는 어떤 책임이 따를까? 흘러가는 좌절감과 슬픔이 지우개처럼 그 책임을 지워줄까?

백신으로부터 고통을 받은 자들과 살아남은 자들은 그 사건으로부터 무엇을 배울까? 아니면 기억 반감기가 짧아서 그들은 그 사건을 곧 망각하고 아무 일이 없었던 것처럼 살아갈까? 혹시 사랑하는 사람을 잃은 가족들은 슬픔 속에서 정의를 요구할까?

아마도 50년 후면 GERHQ 과제 수행을 위해 열심히 뛰었던 나 자신을 비롯해서, 벤, XG, 존, 밥 등의 여러 이름과 우리들이 한 일들이 모두 잊혀지고, 이어지는 후대 자손들은 그 사건에 대해 책을 통해 읽거나 구전으로 전해 들은 이야기들은 까마득한 전설이 되겠지.

어쩌면 그 사건에 대한 진실은 후대 필자들의 정치적이며 주관적인 기록으로 덮어 올려지고 여러 기록이 입력된 AI는 그 사건에 대한 질문이 들어오면 그 질문에 대해 서술식으로 답을 주는 그 사건은 그냥 과거의 해프닝 기록으로 남을 것이야. 그 우리가 애써서 일한 그 사건에 대한 진실은 나중의 여러 기록자들의 이야기들에 의해 서로 충돌되기도 하여 그 진실은 모호해지는 그냥 옛날의 이야기가 되는 거야.

너무 외로워하지 마. 그리고 걱정하지 마, 수잔. 너의 기여는 후세가 더 나은 미래를 구축할 수 있는 토대가 될 것이야. 너의 헌신과 희생은 가치 있는 영향을 남길 것이며 그것이 어떻게 해석되든 상관없이 미래의 시간 속에서 계속되는 울림을 만들 거야."

이사회 최종 결정

실행에 대한 대기획을 마무리한 후 수잔은 GERHQ 이사회에서 과제의 최종 결정을 위한 회의를 한다. 그리고 최악의 시나리오를 대비해서 GERHQ가 해야 할 일 그리고 관련 파트너 기업들이 해야 할 일에 대해서 정리한다.

GERHQ 이사회는 다음과 같이 결론을 내린다.

"우리가 추진하는 이 과제는 지구를 살리고 미래 인류의 삶을 지속 가능하게 만드는 일인데 이 일을 진행하는 중에 일시적으로 일부의 사람들이 고통이나 희생을 당하는 것은 감수해야 할 것입니다. 큰 나무가 더 많은 바람을 맞는 것과 같이 큰일을 추진하는 데는 항상 더 많은 이슈나 리스크가 따른다는 것은 불변의 이치입니다. 이런 리스크를 감수하지 않으면 목적한 바를 결코 이룰 수가 없으며 우리는 목표를 달성하기 위해 어떤 도전도 받아들이며 앞으로 나아가야 합니다. 지구와 후손들의 미래를 위해 프로젝트를 진행을 승인합니다."

이 결정으로, 이사회는 필수적인 인적 및 재정적 자원을 승인하고 프로젝트를 완수할 수 있도록 COO 수잔에게 전권을 위임했다.

제14장
신종 바이러스 전파의 방아쇠를 당기다

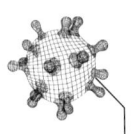

누가 어디에서 어떻게 신종 바이러스 전파의 거대한 쇼를 시작시킬 것인가?

새 팬데믹 시작을 위한 완벽한 시나리오는 과거의 여러 바이러스 감염 사건의 이야기처럼 특정 지역의 천산갑, 박쥐, 돼지, 낙타, 너구리, 사향고양이 등의 동물을 매개체로 하여 감염의 스토리가 시작되는 것이다. 그러나 실제적으로 동물에게 신종 바이러스를 감염시킨 후 동물로부터 그 바이러스를 인간에게 재감염을 시키고 또 전파가 빠르게 일어나려면 그 과정이 복잡하기도 하지만 감염 전파의 효력이 좋을지는 알 수가 없다. 그렇다면 감염 전파력을 극대화하기 위해 신종 바이러스를 인체에 직접 감염되게 하는 작업을 진행해야만 한다. 그러면 누가 어디서 어떻게 신종 바이러스를 인체에 직접 감염되게 할 수 있을까?

2019년 어느 가을날 우한 바이러스 연구소장 XG는 외국기업 연구소의 톰 왕Tom Wang으로부터 전달받은 신약 후보 물질로 포장된 유전자 변이의 신종 사스코로나 바이러스가 든 튜브를 동물 실험실 책임연구원 화Hua에게 전달한다. XG는 화에게 튜브 속의 물질은 암 환자 치료를 위한 미국의 한 연구소에서 개발된 신약 후보 물질로 종양을 가진 이종이식 쥐를 대상으로 실험할 샘플인데 동물 실험을 위한 계획서를 만든 후 다음 연구지시가 있을 때까지 그 튜브를 통제된 실험실 안에 잘 보관하라고 지시한다.

이어서 실험실 책임자인 화는 아래 선임연구원 천Chen을 시켜 그 튜브를 실험실에 보관을 시킨다. 며칠 후 선임연구원 천은 우한의 한 대학에서 열린 암 연구학회에 참석을 했는데 거기서 톰을 우연히 만난다. 톰은 사전에 XG로부터 실험 실무 담당자인 선임연구원 천이 그 튜브를 보관하고 있다는 것을 들었다. 톰은 천이 그 튜브를 직접 열어서 일을 할 수 있는 당사자이기에 천에게 튜브에 든 신약 물질에 대해 설명을 한다. 그 물질은 미래 제약 시장의 판도를 바꿀 수 있는 암 치료를 위한 신약이 될 것이라고 말하며 실험동물에 3주 정도 테스트를 해보면 그 항암 효과를 눈으로 보게 될 것이니 XG의 지시를 기다리기보다는 천이 직접 비밀리에 튜브에 든 물질로 동물 실험을 해보길 권유한다. 그리고 그 실험 결과 데이터를 비밀리에 톰과 공유를 해서 빠르게 공동 특허를 만들고 회사를 설립하여 중국에서 누구보다 발 빠르게 신약 개발 사업을 같이 진행하자는 것이었다.

선임연구원 천은 톰으로부터 뜻밖의 제의를 듣고 생각에 빠진다.

'대학원 졸업 후 연구소에 입사한 지 5년 만에 선임연구원이 되었는데 책임연구원 그리고 팀장까지 올라가려면 적어도 앞으로 15년은 걸릴 것이다. 이것도 보장된 것이 아니라 연구 성과가 우수하게 나왔을 때 가능한 것이리라. 그때가 되면 내 나이가 50 초반이 될 것이고 한평생 연구소 직원으로 적은 월급을 받고 살아갈 평범한 인생일 것이다. 그런데 톰으로부터 흥미로운 이 제의는 내 인생을 바꿀 수 있는 큰 기회일지 몰라. 살아가면서 이런 큰 기회는 다시 오지 않을 거야. 잘 진행되면 이 일로 나는 제약업계에서 유명한 인물이 되고 큰 부자가 될 수 있을 거야.'

수년 내 제약사를 만들 꿈을 가지며 아무도 출근하지 않는 어느 일요일 오전에 선임연구원 천은 실험실에서 튜브를 꺼내 동물 실험실로 이동한다. 그는 튜브로부터 용액을 꺼내어 피부에 암세포를 지니고 있는 실험 동물xenograft animal에 혈관 주사를 한다. 그리고 3일 간격으로 혈액을 채취하여 분석하면서 피부에 있는 종양의 크기 변화를 관찰한다. 그리고 천은 그 튜브 속 물질의 DNA 서열을 확인하기 위해서 그만의 장소에 실험 물질을 따로 보관한다.

그 물질을 가지고 열심히 동물 실험을 진행하던 천은 일을 시작한

2주 후에 시름시름 아프기 시작하고 고열과 심한 폐렴 증세로 병원에 입원했다. 동물 실험을 진행하던 중 그 물질에 포함된 신종 바이러스가 그의 호흡기관으로 감염을 일으킨 것이다. 그는 입원 후 사흘 뒤에 병원 중환자실에서 사망했다. 곧이어 천과 접촉한 가족과 병원의 의료인들도 수일 내에 같은 증세를 보이며 수일 내에 죽음의 경계를 드나들었다.

중국 뉴스에서는 "2019년 12월 한 달 동안 여러 사람들이 고열과 폐렴으로 우한의 병원에 입원했다."라고 발표한다. 그러나 그 발병 원인과 병의 전파에 대해서는 언급을 하지 않는다. 이 질병 시작의 원인을 알 수가 없는 해외 언론에서는 신종 바이러스 감염 환자 중 상당수는 우한의 재래시장의 야생동물과 연관돼 있다고 발표하며 이것이 일반적인 폐렴이 아니라고 의심하기 시작했다.

우한 실험실 연구원 감염 사태를 보고 받고 중국 정부에서 이를 신종 바이러스 감염병으로 정리하고 증세를 보이는 사람들을 즉시 격리시킨다. 이 소식은 전 세계의 언론과 텔레비전을 통해 곧바로 방송이 된다. 감염으로 중환자실에 입원한 환자가 산소 호흡기를 코와 입에 끼고 누워있고 화면으로 보이는 환자의 피부는 어두운 황갈색이고 입원 사흘 만에 사망한 자의 모습을 텔레비전 화면으로 본 사람들은 자신에게도 일어날지 모를 신종 바이러스 감염에 대해 매우 두려워하게 된다. 이 신종 바이러스 감염은 중국에서 주변의 나라로 그리고 수

개월 안에 전 세계로 퍼져나간다. 매우 짧은 시간 내에 전 세계적인 전파를 보면 신종 바이러스는 중국뿐만 아니라 어쩌면 여러 지역의 장소에서 동시다발적으로 시작되었을 가능성도 배제할 수 없을 것이다.

제15장

팬데믹에 대한 정부의 통제와 전 세계의 백신 접종 시작

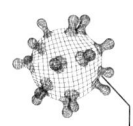

WHO의 지침에 따라 전 세계 각 정부는 바이러스 감염 확산을 막기 위해 엄격한 조치를 시행했다. 이러한 조치에는 여행 제한, 종교 모임 금지, 사무실 근무 제한, 원격 근무, 상업행위 제한, 마스크 강제 착용, PCR 감염 여부 테스트, 감염자 추적 시스템, 감염자 격리수용 등 많은 통제가 포함되었다. 이러한 통제는 사람들의 일상생활에 큰 불편을 야기하면서 사회적으로 경제적으로 많은 부작용을 초래했다.

감염된 개인은 최소 1주 동안 격리해야 했으며 정부는 대중에게 공격적인 백신 캠페인을 시작하며 사람들에게 접종을 촉구했다. 그리고 언론 및 텔레비전 미디어는 백신의 효능과 안전성을 홍보하며 백신 접종을 1차에서 5차까지 권유하고 전 국민의 백신 접종이 집단적 면역을 위해 필요하다는 광고를 계속했다. 사람들이 공공장소에 출입하기 위해서는 백신 접종 증명이 필수적이었으며 집 밖으로 나설 경우 마스크 착용 의무화가 계속되었다.

백신 강제 접종뿐만 아니라 일상생활과 경제 활동에 제약을 받는 이유로 코로나19 펜데믹에 대한 정부의 통제 조치에 항의를 하는 저항 운동이 많은 곳에서 일어났다. 그러나 백신 반대 저항 운동은 일치 연합된 언론 및 정부정책 홍보 기관들의 백신 옹호 광고의 거대한 파도 속에 묻혀버린다. 세상이 어떻게 돌아가는지 모르는 일반 시민들은 정부의 정책에 순종하며 백신을 3차, 4차, 5차까지 맞고 심지어는 어린 자식들에게도 백신 접종을 하게 한다.

코로나19 팬데믹 동안 전 세계적으로 록다운과 백신 접종에 대한 저항 사례가 여러 지역 및 국가들에서 동시다발적으로 일어났으며 의식이 강한 사람들은 정부의 다양한 통제에 대한 저항뿐만 아니라 급조된 백신에 대한 불안감과 정부의 강력한 백신 접종 방침에 크게 저항했다. WHO의 가이드라인에 따른 각 정부의 방역 조치는 공포스러웠고 자유를 억압하는 통제와 반강제적인 백신 접종에는 큰 저항이 일어나기도 했다. 몇 가지 주요 국가별 사례를 요약해 보면 다음과 같다.

정부의 통제 및 백신 접종에 대한 저항 운동은 전 세계적으로 다양하고 독특한 문화적 및 정치적 환경을 반영하며 나타났다.

미국

몇몇 주에서는 봉쇄와 마스크 착용 의무화에 대한 시민들의 강한 저항이 나타났다. 플로리다와 텍사스는 봉쇄에 반대하며 경제 활동을 우선시했다.

워싱턴 주에서는 시위자들이 주지사의 긴급 통제 명령이 평화로운 집회에 대한 헌법적 권리를 침해했다고 주장했다. 20개 주에 걸쳐 이와 유사한 시위가 발생했으며 참가자 수는 몇십 명에서 수천 명까지 다양했다.

봉쇄에 반대한 비평가들은 제한 조치가 지나치고 사람들이 생계를 유지하는 데 심각한 혼란을 초래했다고 주장했으며 감염 위기와 높은 사망률에도 불구하고 제한 조치를 해제해야 한다는 목소리는 계속 커져 갔다.

캐나다

정부의 통제가 일상적인 자유를 억압하는 것으로 간주되며 항의가 발생했다. '프리덤 콘보이Freedom Convoy'로 알려진 캐나다의 트럭 운전사 항의는 2022년 초에 시작되었다. 처음에는 국경 간 트럭 운전사에 대한 코로나19백신 접종 의무화를 반대하는 데 초점이 맞춰졌지만, 이 운동은 빠르게 코로나19 제한 조치와 명령 전반에 도전하는 것으로 확대되었다. 수백 대의 차량, 대형 트럭을 포함하여 오타와 및 주요 위치로 집결하며 대규모 혼란을 초래했다. 이 상황은 캐나다 총리 저스틴 트뤼도Justin Trudeau가 비상 법을 발동하여 질서를 회복하기에 이르렀으며 차량을 견인하고 경찰을 증가시키는 등 비상 조치를 취했다. 정부의 개입에도 불구하고 이 운동은 몇 주 동안 계속되다가 점차적으로 사라졌다.

유럽 연합

EU 정부는 광범위한 백신 접종을 통해 집단 면역을 달성하는 것을 목표로 했다. 그들은 유럽 연합 차원에서 공동 백신 조달을 하고 특정 직업군에 대해 백신 접종 의무화를 고려했다. 그러나 봉쇄와 백신 의무화에 대한 저항이 강했으며 몇몇 국가에서 대규모 시위로 이어졌다. 많은 시민들은 백신 여권 도입을 개인의 자유를 침해하는 것으로 보며 이에 반대했다.

- 오스트리아: 전국적 봉쇄와 모든 적격 개인에 대한 백신 접종 의무화를 발표한 후 특히 큰 반발을 겪었다. 수천 명이 비엔나에서 시위하며, 이 조치가 기본권을 침해한다고 주장했다.
- 독일: 봉쇄와 백신 의무화에 반대하는 시위가 발생했으며 그중 일부는 폭력적으로 변했다. 정부는 공중 보건 조치와 개인의 자유에 대한 우려 사이의 균형을 맞추는 데 어려움을 겪었다.
- 네덜란드: 새로운 규정에 대한 반응으로 차량 방화와 폭죽을 포함한 폭력적인 시위가 있었다. 일부 경우 경찰은 시위자들에게 발포하기도 했다.
- 이탈리아: 직장과 공공 활동에 필요했던 코로나19 건강 패스에 대해 지속적인 시위를 겪었다. 시위는 평화로운 행진에서 폭력적인 충돌까지 다양했다.

호주

멜버른에서 가장 크고 빈번한 봉쇄 반대 시위가 일어났다. 많은 시위가 폭력적으로 변하며 시위자와 경찰 간의 충돌이 있었다. 당국은 최루 스프레이를 사용하고 다수 시위자들을 체포했고 연장된 봉쇄와 제한 조치에 대한 시민들의 불만이 심화되었다. 멜버른과 마찬가지로 시드니에서도 대규모 봉쇄 반대 시위가 있었다. 수천 명이 거리로 나왔으며 법 집행 기관과의 충돌 및 다수의 시위자 체포가 발생했다. 봉쇄 연장이 발표되자 시위는 더욱 격렬해졌다.

대한민국

특정 종교 단체와 개인은 백신 접종에 반대했다. 일부 교회는 집단 감염에도 불구하고 정부의 격리 조치에 적극적으로 항의했다. 다른 나라와 비교했을 때 봉쇄 조치에 대한 저항은 상대적으로 적었다. 정부는 빠르고 공격적인 대응과 대규모 검사 및 접촉 추적을 포함하여 엄격한 전국 봉쇄 및 일상생활의 통제를 했다.

중국

2022년 11월 베이징, 상하이, 우루무치와 같은 도시에서 대규모 시위가 발생했다. 우루무치에서 발생한 치명적인 화재가 엄격한 봉쇄 조치로 인해 악화되었다고 많은 이들이 믿었기 때문이었다. 시위자들은 제로 코로나 정책의 종료와 더 큰 자유를 요구했다. 베이징 칭화대학과 같은 주요 대학의 학생들이 시위에 동참하여 '우리는 민주적 법치를 원한다'와 '우리는 표현의 자유를 원한다'와 같은 구호를 외쳤다. 중국 정부는 경찰 배치를 통해 강력하게 대응했으며 다수의 시위자들을 체포하고 시위 관련 정보를 검열했다. 그 시위는 며칠간 계속되다가 점차적으로 사라졌다. 광범위한 공공의 분노는 결국 2022년 12월 제로 코로나 정책의 폐기로 이어졌다.

일본

코로나19 백신 접종을 둘러싸고 다양한 의견이 존재했지만 서구권 국가들에서처럼 대규모의 조직적인 백신 반대 운동은 드물게 나타났다. 백신 반대 운동이 크게 확산되지 않은 이유는 일본 사회의 백신에 대한 높은 신뢰성과, 집단주의적인 문화가 강해 백신 접종이 개인의 건강뿐만 아니라 공동체의 안녕을 위한 행위라는 인식이 널리 퍼져 있었기 때문이다. 그러나 긴급 비상 조치가 연장되거나 정부의 대응이 느리거나 부적절하다고 여겨질 때 시민들의 불만이 발생했고 백신 배포가 느렸던 점과 도쿄 올림픽 기간 동안 긴급 조치가 강제된 점이 대중의 불만을 더욱 심화시켰다. 일본은 혹독한 봉쇄를 피했지만 정부의 팬데믹 대응은 비판과 시위에 직면하기도 했다.

코로나19 팬데믹 상황에 대한 정부의 통제는 사회적으로 경제적으로 큰 충격을 초래하여 과거의 대공황 이후 가장 큰 글로벌 경기 침체를 가져왔다. 전 세계적으로 공급망이 붕괴되어 식료품 부족 사태를 만들어 상품 사재기 사태가 일어나기도 했다. 팬데믹 기간 중 학교 및 공공장소가 폐쇄되기도 했고 많은 사회 활동이나 문화적 이벤트가 중

단되기도 했다. 그리고 많은 회사 사무직들은 인터넷을 이용하여 재택 근무를 하게 했다. 그리고 팬데믹 상황을 정치적으로 이용하는 여러 나라에서는 정치적인 긴장감이 돌기도 했고 인종 간, 지역 간 차별이나 인권 문제를 일으키기도 했다.

신종 코로나 감염이 중국 관광객으로 인해 시작이 되었다고 언론들이 보도를 하며 중국 관광객 유입을 차단해야 한다고 주장을 했다. 언론은 어느 교회의 집회로 인해 코로나19의 감염이 확산되었다고 보도를 했다. 그 교회에 대한 비난 방송이 쏟아지고 경찰은 교회 목사를 체포하러 다니는 촌극이 뉴스에 발표되기도 했다. 사람들은 교회 모임에 참석한 교인들을 비난했고, 과거의 유럽에서 역병 발발 때 있었던 유태인이나 소수인을 탄압했듯이 또 다른 마녀사냥이 있었다.

코로나19 감염의 전파는 마른 들판에 바람을 타고 퍼져나가는 불처럼 빠르게 번져나갔다. 시민들은 불안해지기 시작했고 사회적인 모임을 회피했으며 심지어는 출근길 지하철에서 기침을 하는 자가 있으면 차가운 눈길을 보내며 한걸음 떨어져 나갔다. 언론 및 텔레비전에서는 세계적으로 연일 급격하게 증가하는 감염자 수치를 발표하며 마스크 착용을 의무화시키고 백신 접종에 대해 대대적인 광고를 했다.

누가 어디서 바이러스를 퍼트려 시작을 시켰는지 아니면 동물 매개로 인한 자연발생으로 시작되었는지 소위 '코로나19 팬데믹'에 대해 일반 국민들은 그 사태의 내막을 알 수가 없다. 코로나19 감염의 확산은 중국뿐만 아니라 미국 캐나다 유럽 아시아 남미 중동 등 전 세계적으로 동시에 퍼져 나아갔고 각 나라마다 감염자, 병원 입원자, 사망자 수치를 연일 발표 해대었다.

국민들은 점점 더 공포 속으로 빠져들었고 감염으로부터 살아남기 위해 정부의 지침에 귀를 기울여야 했다. 정부는 사람들의 물리적 접촉을 최소화하는 조치들을 광범위하게 시행하기 시작했다. 이러한 정부의 강제시책으로 국민의 활동과 일상생활은 통제당했다.

일반 국민들은 마냥 떠돌아다니는 수상한 소문과 통제당하는 일상생활에 분노를 느끼면서도 불안과 공포에 싸여 정부가 명령하고 언론에서 홍보하는 대로 마스크 착용을 하고, 백신 접종을 1차에서 4차, 5차까지 맞고 심지어는 청소년과 어린아이들에게도 안전성이 검정되지 않은 백신 접종을 시킨다.

진단의 정확성에 의문이 있는 검사 기구인 코로나19 바이러스 감염 여부를 확인하는 PCR 검사로 코로나19에 감염이 확정되면 감염 확진자들은 일주일 동안 정부 지침대로 강제 격리에 들어간다. 격리기간 중에는 숙식이 무료로 제공되고 회사에 출근도 면제되고 심지어는 회사와 정부로부터 위로금까지 지급이 된다. 그래서 국민들은 코로나 감염은 겁이 나지만 감염으로 확정되고 격리가 되면 잠시 불편하지만 회사 출근이 유급으로 면제되고 격려금과 숙식비까지 정부가 제공하니 그리 나쁜 것 같지는 않다. 어떤 사람들은 이를 악용하여 적극적으로

PCR검사를 받고 유급휴가와 같은 격리 기간을 즐기기도 한다.

마스크를 착용하지 않고 돌아다니면 공공의 적이 된다. 심지어는 공원에서 운동을 하거나 깊은 산속 트레킹 중에도 마스크를 쓰라고 외쳐대는 완장을 찬 인간들이 설쳐댄다. 마스크를 쓰지 않고 상점에 물건을 사러 들어가면 주인은 상점에서 나가라고 소리를 지른다. 노 마스크로 버스를 올라타면 운전수가 내리라고 소리를 지른다. 심지어는 자전거를 타는 어린이들에게 마스크를 씌우고, 바다에서 수영을 하면서도 마스크를 쓴다. 마라톤을 하는 중학교 선수에게도 마스크를 쓰게 하는 참 어처구니없는 일도 생긴다.

인간의 평상시 사고 능력과 공포 속의 군중심리에 의한 멍청한 사고 능력은 반비례하는 것이 확실한 것 같다. 개인 차 안에 혼자서 마스크를 쓰고 운전하는 모습도 보이기도 한다. 음식점 입구에 들어가서 테이블에 앉을 때까지는 마스크를 쓰고 걸어가고 테이블에 앉아서는 마스크를 벗고 음식을 먹으며 테이블에 같이 앉은 사람들과 먹고 마시고 대화를 한다. 그리고 식사 중간에 잠깐 화장실 갈 때는 다시 마스크를 쓰고 일어난다. 음식점 테이블 사이에 형식적인 투명 플라스틱 칸막이들을 설치한 광경들은 어색하기 짝이 없다. 그 칸막이들이 사람들 사이에 공기 흐름을 차단시킬 수 있다고 보는 멍청이는 없을 것이다. 사람들이 테이블에서 식사를 마치고 떠날 때는 다시 마스크를 착용한다. 이 모두 생각이 없는 사람들의 비정상적인 모습 같다.

학교 교실에서는 어린 학생들에게 마스크를 씌우고 거리를 두고 앉게 하여 마스크를 쓴 교사와 수업을 한다. 음악 시간에는 코는 가리고 입 쪽에는 열리는 마스크를 착용하고 플룻을 연주하고, 음악 홀에서 밴드 수업 중에는 여러 밴드 인원들이 각자 악기를 가지고 1인용 작은 투명비닐 텐트 안에서 연주하게 한다.

대한민국 수도 서울에서는 게임방이나 당구장도 문을 닫게 한다. 정부당국은 이에 대한 영업 손실에 대한 보상을 해 준다. 심심한 서울 사람들은 당구장이나 게임 방을 찾아서 서울에서 1~2시간 떨어진 다른 도시로 가서 게임을 즐기고 저녁에 서울로 돌아온다. 그 지방도시의 전체 인구수는 서울보다 적을지라도 다운타운에 모인 사람들의 수를 단위면적으로 계산하면 서울의 것과 다를 바가 없지만 지방 도시는 팬데믹 대처에 대한 규칙이 서울과 달라서 게임 방이나 당구장 영업을 허용하는 것이다. 교회에서 일요일 예배를 제한하고 음식점 입장 인원을 제한하면서도 대도시의 비좁은 콤팩트한 지하철에는 하루에 수백만 명의 승객들을 허용한다. 이렇게 비논리적이고 비이성적인 정책들은 도대체 누구의 머리에서 나온 것일까?

마스크를 안 쓴 사람 보면 난리 치는 것은 일상화가 되었으며, 정치가들, 사이비 의사, 그리고 미디어는 유전자 백신을 거부하는 사람들을 탄압하며 그들을 사회의 악이라고 독설을 퍼붓는다. 외출 제한과 상점 폐쇄에까지 이르는 조치로써 시민들의 기본권에 광범위한 장애를 초래하는 코로나19 펜데믹의 통제된 생활이 3년 이상 지속됨에도 순진한 사람들은 불평하면서도 정부의 지침에 따라 적응을 잘하는 착한 시민이 되어간다.

백신 접종을 두세 번 해도 체내에 항체가 제대로 형성이 되는지 확인은 하지 않고 감염자는 계속 늘어난다는 보고가 매일 발표된다. 그럼에도 불구하고 백신의 효과 확인에는 관심이 없는 듯한 정부와 언론들은 제약사들의 광고를 대신하며 효과를 보려면 추가 백신 접종을 몇 차례 더 해야 한다고 홍보를 한다. 그리고 코로나19 바이러스 변종들이 생겼다고 발표하며 그 변종들에 대응해서도 같은 백신 접종을 하라고 하는 제약사들의 엉터리 같은 백신 광고를 연일 정부가 대신해 주고 있다. 국민들은 백신의 효과가 있기는 한 건지는 알 바가 아니고 몇 번이나 더 맞아야 한다니 동물병원에서 강아지 주사 맞듯이 충실히 백신 주사를 맞는다. 많은 시민들은 정부가 무료로 백신 접종을 계속해 주니 그냥 감사해하며 맞는다.

전례 없는 빠른 속도로 백신 개발을 한 글로벌 제약사들의 백신 제품을 매우 신속히 그리고 친절하게 판매 허가를 해 주며 정부는 백신 접종 후 일어날지 모르는 어떤 백신 부작용에 대해서도 제약사에게 면죄부를 주는 저자세의 계약을 하여 백신을 사들이고 전 국민에게 백신 접종을 실시한다. 이러한 신속한 백신 판매 허가는 각 나라 FDA나 보건복지부 자체의 힘으로만 할 수가 없었을 것이고 정부 차원의 지시가 함께했을 것은 쉽게 짐작이 갈 것이다.

대통령이 백신 접종을 하는 장면을 텔레비전에서 연출을 하고 질병관리청장을 비롯한 공무원들의 헌신적인 근무 상황을 보여주고 질병관리청장에게 국민 훈장을 수여하며 대국민 홍보를 해댄다. 신종 코로나 바이러스 감염 예방을 위한 수입된 새로운 백신의 효능과 안전성 데이터를 본 적이 있는지 모르지만 의사 출신 대한민국 질병관리청장은 미국 질병관리청장과 화상회의를 통해 협력 사항 혹은 지침 사항을 주고받는 것 같다. 그 대화 내용은 알 수가 없지만 아마도 전 세계 시장을 향해 바이러스 감염 공포를 조성하고 백신 접종 필요성을 홍보하며 미국 제약사들의 백신 판매를 도와주는 미국 질병관리청장의 이야기를 잘 듣고 협력을 해야 했을 것이다.

정부 당국은 전 국민을 대상으로 백신 접종을 위해 다음과 같이 광고를 한다.

- 예방 접종은 인체의 면역 체계를 훈련시켜 코로나19 바이러스를 인식하고 제거하도록 합니다.
- 예방 접종은 우리 몸이 코로나19에 걸리지 않고 면역을 획득할 수 있는 안전한 방법입니다.
- 백신은 우리 몸의 면역 세포가 바이러스를 구성하는 일부 단백질 부분을 인식하고 반응하여 항체를 만들어 내고, 면역 세포 중 일부는 기억 세포로 남습니다.
- 이후 인체에 코로나19 바이러스가 침입했을 때 면역 세포가 활성화되어 바이러스나 바이러스에 감염된 세포를 제거합니다.
- 이러한 기전으로 코로나19 예방 접종은 코로나19 감염의 위험을 줄여주고, 중증 환자 발생이나 사망을 예방합니다.
- 예방접종 후 면역을 획득하기까지 통상 2주 이상이 소요되므로 예방접종 직후에는 코로나19 바이러스에 노출되어 코로나19 바이러스에 감염될 수 있습니다.
- 예방접종 후에 면역 형성 과정에서 발열, 피로, 두통, 근육통, 메스꺼움·구토 증상이 나타날 수 있으나 이는 정상 반응으로 볼 수 있습니다. 대부분 3일 이내에 증상이 사라지게 됩니다.

- mRNA 백신은 코로나바이러스 특이 스파이크 단백질을 만드는 유전자를 RNA 형태로 만들어 우리 몸에 투여하는 백신입니다.
- 인체에 주입된 mRNA는 우리 몸의 세포에서 코로나 바이러스 특이 스파이크 단백질을 만들게 됩니다.
- 우리 몸은 만들어진 스파이크 단백질을 이물질로 인식해서 면역 반응을 일으키게 되고, 코로나/9 바이러스에 대항하는 면역을 획득하게 됩니다.
- 주입한 mRNA 백신의 유전 물질은 분해되므로 인체의 DNA와 상호작용하지 않습니다.

위와 같은 정부의 백신 광고로 코로나19 바이러스 감염 예방을 위한 백신의 효과와 안전성은 완벽하게 보일 정도다. 그러나 위와 같은 정부의 백신 광고 내용은 여러 나라의 현장에서 일어난 2회, 3회 이상 백신을 접종한 사람들의 코로나19 바이러스 감염 증가와 사망률 증가 등 많은 부작용의 사례로 거짓임이 드러나기 시작했다.

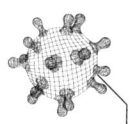

제16장

해고당한 백신 안전성 평가팀장 프랭크의 mRNA/LNP 백신 독성 메커니즘 정리

프랭크는 회사의 백신 제품 안전성 평가팀의 책임자로서 수년 동안 성실하게 역할을 수행해 왔다. 초기 백신 시제품이 개발 과정에서 그는 백신의 태아에 대한 부작용 위험을 포함한 잠재적 안전 문제에 대해 중요한 우려를 제기했다. 그리고 프랭크는 mRNA/LNP 백신 제품의 구조적인 문제와 그로부터 발생될 수 있는 심각한 여러 부작용에 대해 보고를 하며 여러 심각한 독성학적 문제가 해결될 때까지 mRNA/LNP 백신으로 임상시험을 진행하지 않을 것을 권장했다. 그럼에도 불구하고 회사는 백신 제품 개발 및 상업화를 결정한 후 임상시험을 진행했다.

예상대로 백신 제품 임상시험 진행 중에 여러 심각한 부작용이 보고되었음에도 회사는 그 임상시험 보고서를 가지고 FDA로부터 긴급 백신 제품 판매 승인을 받아낼 수 있었다. 6개월간의 짧은 임상시험 데이터로 코로나19 mRNA/LNP 백신 제품 판매 허가를 받는 것은 정치적인 도움이 없이는 불가능했을 것이다. 이어서 회사는 정부와 WHO, CDC, 언론 매체들의 도움에 힘입은 엄청난 홍보를 통해 전 세계적으로 백신 제품 판매에 박차를 가한다.

그런데 백신 판매의 시작과 함께 무슨 이유인지는 모르나 안전성 평가팀장 프랭크는 회사로부터 권고사직을 당한다.

인사팀장 랜디는 프랭크를 만나 준비된 듯한 동정적인 어조로 소식을 전했다.

"프랭크, 이렇게 통보하게 되어 정말 유감입니다만, 회사는 오늘부로 당신을 떠나보내기로 결정했습니다. 수년간 안전성 평가팀을 이끌며 회사에 대한 공헌에 깊이 감사드립니다만, 알다시피, 이 결정은 '조직을 젊고 건강하게 유지한다'는 회사의 모토에 따라 이루어진 것이므로 당사의 정책을 이해하시길 바랍니다."

프랭크는 조용히 앉아 있었고, 랜디는 계속 말했다.

"귀하의 뛰어난 역량과 풍부한 경험은 분명히 다음의 다른 직장에서 잘 활용될 것으로 믿습니다. 퇴직금 외에도 세 달치 급여를 추가로 제공하겠습니다. 잠시 쉬면서 새로운 기회를 탐색할 시간을 가질 수 있기를 희망합니다. 그리고 지금부터 보안상의 이유로 자동차 열쇠와 지갑만 소지하시고 사무실을 나가시길 바랍니다. 사무실에 남아 있는 회사 관련 서류들은 보안상 폐기 될 것이며 나머지 개인적인 물품은 분류하여 DHL 택배로 자택으로 보내드릴 것입니다."

그것으로 회의는 끝났다. 프랭크는 매우 혼란스러웠고, 멍한 상태로 사무실을 떠났다.

프랭크는 수의학에 이어서 독성학 박사 학위를 수여한 후 많은 사람들이 부러워하는 W 회사에 15년 전에 자랑스럽게 입사를 했다. 그는 글로벌 회사의 일원이 되었음에 행복했고 내 가족의 일처럼 사명감을 가지고 회사의 과제를 성실히 수행해 왔다. 그런데 회사로부터 갑자기 해고 통보를 받은 프랭크는 자기가 했던 코로나19 mRNA/LNP 백신 제품 안전성평가에 대해 다시 생각을 해본다. 무엇이 잘못되었을까? 왜 내가 해고 되었을까?

프랭크는 mRNA/LNP 백신에 대한 자신이 만든 안전성 평가보고서를 들여다본다. 평가보고서의 요점은 몇 가지의 독성학적인 문제가 해결되지 않으면 mRNA/LNP 백신을 사람에게 투여하는 임상시험을 진행하지 않기를 권고한 것이다. 프랭크는 그 보고서에 있는 해결되어야 할 몇 가지 중요한 백신의 독성을 유발하는 요인들과 그 메커니즘을 상세히 정리해 본다.

산화그래핀의 독성

산화그래핀으로 둘러싼 mRNA/LNP 냉동 백신을 해동하여 주사한 백신 물질이 어떻게 체내 세포에 제대로 전달이 되는지 그리고 mRNA/LNP 백신 물질이 체내에서 부작용을 일으키지 않고 배출이 잘 되는지 등을 확인하기 위해 동물 시험을 수행했다. 동위원소가 연결된 시제품 백신을 동물에 주사 후 시간별로 동물 생체 내에 분포된 동위원소의 영상 이미지를 통해 백신 시제품이 제대로 목표 조직이나 세포에 도달하는지를 추적 확인하는 실험이었다.

방사선 동위원소를 이용한 동물 실험을 한 결과 동물 생체에 주사한 후 생체의 따듯한 체온에서 시제품 백신 물질 자체가 곧바로 깨어지기 시작하는 것을 보여주었다. 그리고 깨어진 물질들이 체내의 여러 장기로 이동하고 몸 전체로 퍼지는 것이 관찰되었다. 깨어진 mRNA/LNP 백신의 대부분은 온전하게 목표한 세포 안으로 들어가지 않았고 그중 일부만 세포 속으로 진입이 되었다.

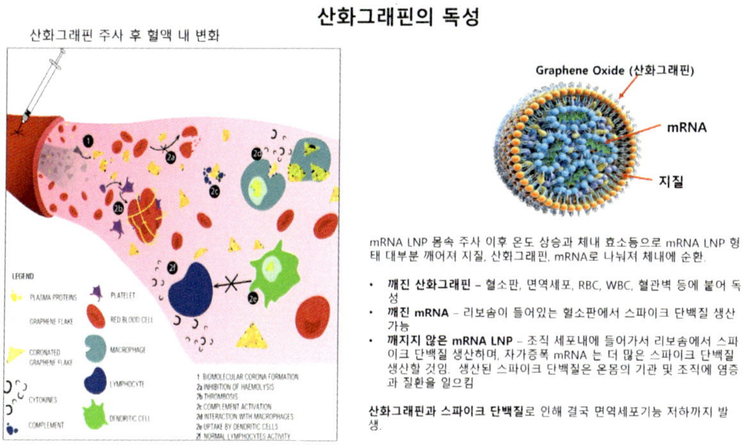

다시 말하면, 주사한 백신은 생체 주입 후 빠르게 해체 분리가 되기 시작했고 백신 구성성분들인 mRNA, 지질(리피드), 산화그래핀, 그리고 다른 미확인 물질들이 제각각 생체 내에 떠돌아다니는 것이 확인이 된 것이다. 떠돌아다니는 나노 크기의 산화그래핀이 생체내의 수많은 주요 기관과 조직 그리고 세포들(예: 적혈구, 백혈구, 혈소판, 면역 세포, 혈관벽 등)에 달라 붙어 여러 조직과 세포들의 기능을 방해하여 심각한 부작용을 일으키는 것이다. 이렇게 해체 분리된 mRNA/LNP 백신 물질들은 생체의 세포기능 상실 등 많은 독성 문제를 일으키는 것이다.

스파이크 단백질의 독성

따뜻한 체온의 생체 내에서 깨어져 흩어진 백신 시제품 성분 중에서 세포 안으로 성공적으로 들어간 mRNA는 그 유전자의 정보대로 스파이크 단백질을 만들게 된다. 스파이크 단백질을 한 번만 합성하는 무증폭 NRM(non-replicating mRNA)와는 달리 문제는 SAM(self-amplifying mRNA, 자가증폭 mRNA) 인데 충분한 양의 단백질 합성을 위해 쓰여진 자가증폭 mRNA(SAM)의 과도한 기능으로 인해 과량의 스파이크 단백질이 만들어지는 것이다. 과량의 스파이크 단백질은 생체 안에 떠돌게 되고 스파이크 단백질 자체의 공격적인 독성 때문에 주로 혈관 관련 질환을 일으킬 수 있는데 심할 경우에는 장출혈, 뇌 출혈 및 심장관련 질환을 일으킬 수 있다.

스파이크 단백질 혈관 독성

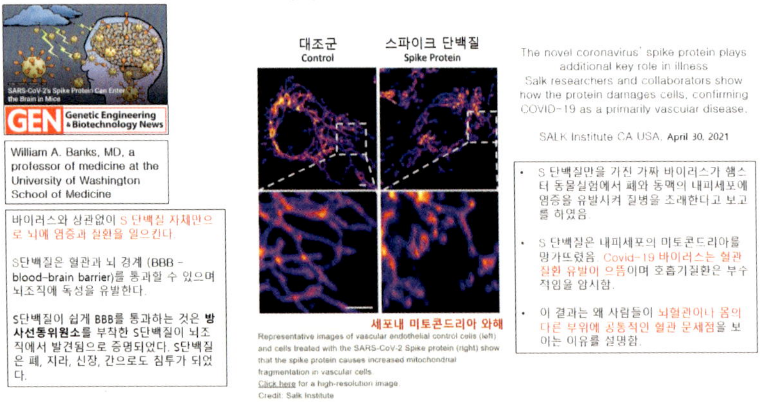

출처 The novel coronavirus' spike protein plays additional key role in illness
Salk researchers and collaborators show how the protein damages cells, confirming 코로나19 as a primarily vascular disease, SALK Institute CA USA, April 30, 2021

그리고 프랭크는 mRNA/LNP 백신이 인체에 부작용을 일으키는 구체적인 메커니즘을 밝히는 깊이 있는 연구 논문을 찾아내었다. 2021년 4월 30일 캘리포니아의 SALK 연구소는 신종 코로나 바이러스의 스파이크 단백질이 혈소판의 주 기능인 출혈과 지혈을 방해하여 혈관질환을 발생시킨다는 발표를 했다. 혈관 내피세포를 신종 코로나 바이러스(SARS-CoV-2) 스파이크 단백질로 접촉 반응을 시켰을 때 그 혈관 내피세포의 손상과 혈소판 미토콘드리아의 기능을 저하시키는 여러 변화가 관찰되었다.

혈소판은 골수에서 생성되며 혈액 내에 순환하는 작은 세포들로 크기는 2~4 마이크로미터에 불과하고 수명은 7~10일로 짧다. 이들은 출혈을 방지하고 지혈을 유지하는 데 중요한 역할을 한다. 건강한 성인의 경우 혈액 1마이크로리터당 15만에서 45만 개의 혈소판이 존재한다. 혈소판은 각각 5~8개의 미토콘드리아를 포함하고 있으며 이 미토콘드리아는 혈소판의 수명과 기능을 결정한다.

그런데 스파이크 단백질이 혈관 내피세포의 ACE2 수용체에 결합하며 미토콘드리아로 가는 정상적인 신호 전달 시스템을 망가뜨리는 것이다. 그리하여 미토콘드리아는 작은 파편으로 부서져서 그 기능이 약화가 되고 미토콘드리아의 주 기능인 에너지 생산에 문제가 생긴다. 결국 스파이크 단백질은 미토콘드리아의 산소 소비와 당 분해 작용을 저해하여 세포의 에너지 생산을 감소시키고 전반적으로 혈관 내피세포의 기능을 손상시키는 것이다. 따라서 미토콘드리아의 기능을 상실한 혈소판들은 그들의 주 기능인 출혈과 지혈을 제어하지 못하게 됨으로써 뇌출혈, 장출혈 등 많은 혈관 관련 문제가 일어난다.

즉, mRNA/LNP 백신 접종 후 생체 내에서 과량으로 합성된 스파이크 단백질로 인하여 혈소판의 기능이 와해 되고 생체내의 출혈이 일으키므로 mRNA/LNP 백신 접종을 받은 많은 사람들이 뇌출혈, 장출혈로 사망한 이유가 쉽게 추론 될 수 있다.

프랭크는 위와 같은 실험 결과와 문헌 조사를 근거로 안전성 팀장으로서 시제품 안전성에 대한 객관적인 평가를 내렸고, 산화그래핀과 관련된 수많은 조직 및 세포 기능 약화에 더하여, 과도한 기능의 SAM으로 인한 과량의 스파이크 단백질 생성으로 인한 혈관 관련 질환 부작용 및 독성에 대한 염려가 해소될 때까지 사람에 대한 백신 접종을 하지 않는 것을 권고한 것이었다.

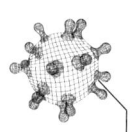

제17장

국가별 코로나19 백신 접종 결과 분석

과학자로서 그리고 독성학자로서 프랭크는 세계 여러 나라 보건 관련 기관으로부터 발표되는 코로나19 백신 접종 관련 정보를 수집하고 그 정보를 구체적으로 분석을 하여 다음과 같이 정리를 했다.

코로나19 팬데믹 사태는 2020년 1월 30일부터 2023년 5월 6일까지 3년 3개월 이상 계속되었고 그동안 확정된 감염자 수는 7억 7,564만 3,475명이며 사망자 수는 705만 1,600명으로 2023년 3월 10일 현재 사망률은 1.01%로 보고가 되었다. 그러나 세계 각 나라로부터 정확한 기록과 보고 누락으로 실제 감염자 수와 사망자 수는 부정확할 것으로 추측된다. 그리고 백신 접종 후 사망한 자들의 사망 원인이 코로나19 바이러스 감염 자체 때문인지 백신 부작용 때문인지 아니면 바이러스 감염과 백신 부작용의 복합적인 원인인지 파악하기가 어렵다.

소셜 미디어SNS에서는 백신 품질에 대한 루머가 불처럼 퍼져 나갔다. 그런 한편 여러 과학자들이 백신의 신속 승인 과정과 백신의 안전에 대해 의문을 제기하기 시작했다. 프랭크는 좀더 구체적인 이해를 위해 여러 나라에서 백신을 인체에 투여 후 발표된 부작용 관련 데이터를 주요 국가별로 모아보았다. 그리고 그는 백신 임상시험에서 나온 보고서와 독성 데이터를 수집하기 시작했다.

2005년부터 2022년까지 독일 및 일본의 연간 전체 사망률과
코로나19백신 접종 후 사망률 추세 분석 (저자: Hagen Scherb와 Keiji Hayashi)

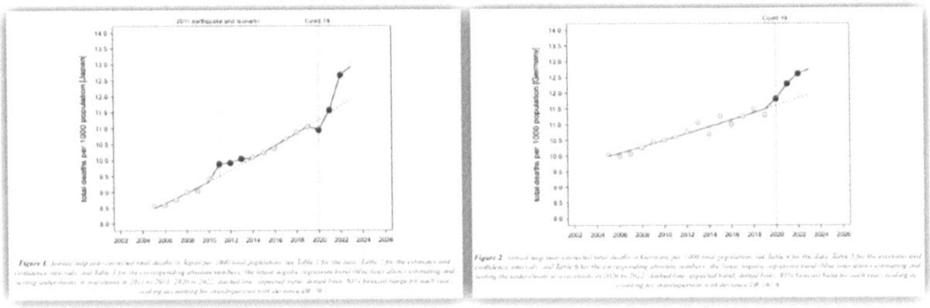

출처: Medical & Clinical Science, Annual all-cause mortality rate in Germany and Japan (2005 to 2022) with focus on the 코로나19 pandemic hypothesis and trend analysis by Hagen Scherb and Keiji Hayashi

독일과 일본의 전체 사망률이 가장 급격히 증가한 시점은 초기 바이러스 확산이 아니라 대량 백신 접종 이후였다.

2023년 중반까지, 일본은 1억 2,570만 명의 시민에게 3억 9,200만 백신 접종을 완료했으며, 독일은 8,320만 명의 인구에게 1억 9,300만 회 접종을 진행했다. 이는 평균적으로 개인당 2~3회 접종을 의미한다.

평년에 비교하여 백신 접종 시작 후인 2022년 일본의 전체 사망률은 8.37% 급등했으며, 이는 지진 및 쓰나미와 같은 자연재해 연도 동안 기록된 초과 사망률의 두 배 이상이었다. 독일 역시 2021년과 2022년 사망률이 일본처럼 크게 상승하며 유사한 추세를 보였다.

프랭크의 노력은 독일과 일본의 자료를 넘어서 세계 수십 개 국가의 자료를 수집 분석을 한다. 그가 더 깊이 파헤칠수록 백신의 효능뿐만 아니라 안전성에 있어서 전 세계적으로 나타난 데이터 패턴은 매우 걱정스럽게 보인다. 그 데이터들은 주로 백신 접종 전과 후의 감염률, 병원 입원, 그리고 사망률을 비교해서 보여 준다.

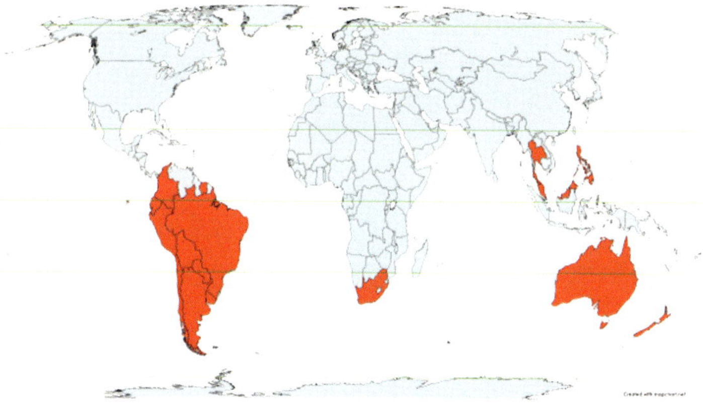

Argentina, Australia, Bolivia, Brazil, Chile, Colombia, Ecuador, Malaysia, New Zealand, Paraguay, Peru, Philippines, Singapore, South Africa, Suriname, Thailand, and Uruguay(17개 국가)

위는 지구 남반부에 소재한 17개국에서 코로나19 백신 접종 전과 후에 발생한 전체 사망률(모든 원인으로 인한 사망률)을 보여주는 랑쿠르Rancourt등의 분석 보고서인데 2023년 9월 17일에 발표되었다. 이 발표는 그들이 인도, 호주, 이스라엘, 미국, 그리고 캐나다의 데이터를 토대로 2022년에 발표한 몇 개의 보고서에서 나타난 현상과 비슷한 패턴을 보인다.

그 현상은 그 당시 모든 원인으로 발생한 전체 사망률들이 이전에는 볼 수 없었던(이전과 비교해서 2~5배 정도 더 높은) 기이한 높은 고점을 보였는데 이 고점의 사망률이 일어난 시기가 빠르게 실시한 코로나19 백신 접종의 시기와 일치한다는 것이다.

아래 그래프에서

- 파란색 줄은 모든 원인으로 인한 전체 사망률
- 오렌지색 줄은 백신 접종
- 빨간색 줄은 전체 사망률의 1년 후행 이동 평균
- 세로 수직 회색 줄은 2020년 3월 11일 팬데믹 선언한 날

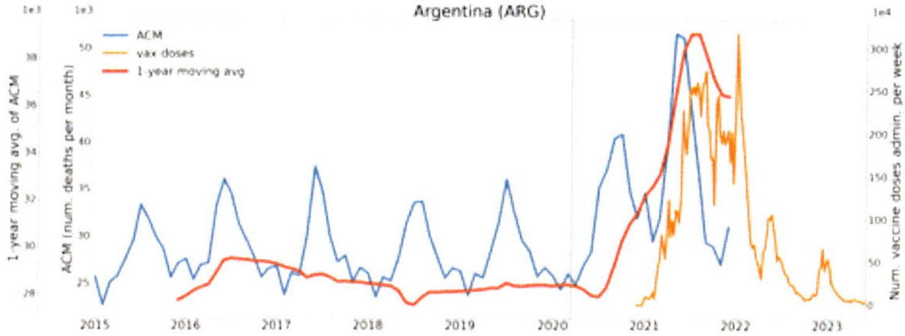
Argentina (ARG)
ACM
vax doses
1-year moving avg
1-year moving avg. of ACM
ACM (num. deaths per month)
Num. vaccine doses admin. per week
2015
2016
2017
2018
2019
2020
2021
2022
2023

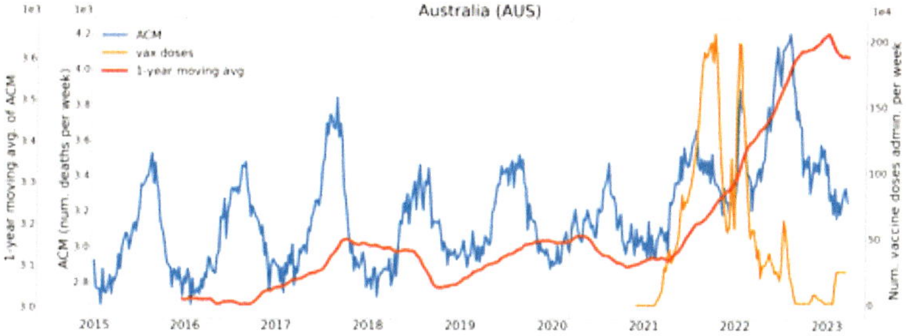
Australia (AUS)
ACM
vax doses
1-year moving avg
1-year moving avg. of ACM
ACM (num. deaths per week)
Num. vaccine doses admin. per week
2015
2016
2017
2018
2019
2020
2021
2022
2023

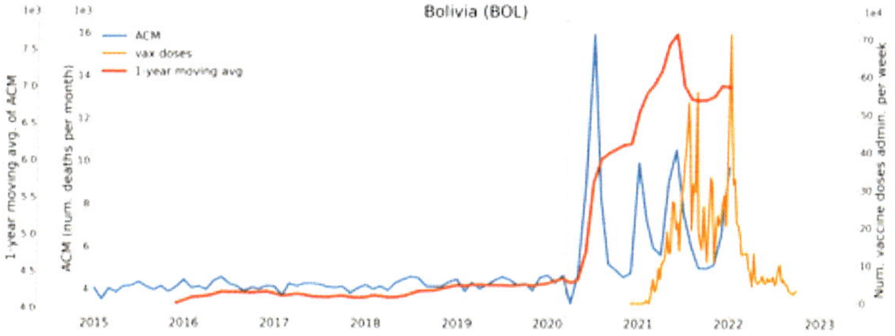
Bolivia (BOL)
ACM
vax doses
1-year moving avg
1-year moving avg. of ACM
ACM (num. deaths per month)
Num. vaccine doses admin. per week
2015
2016
2017
2018
2019
2020
2021
2022
2023

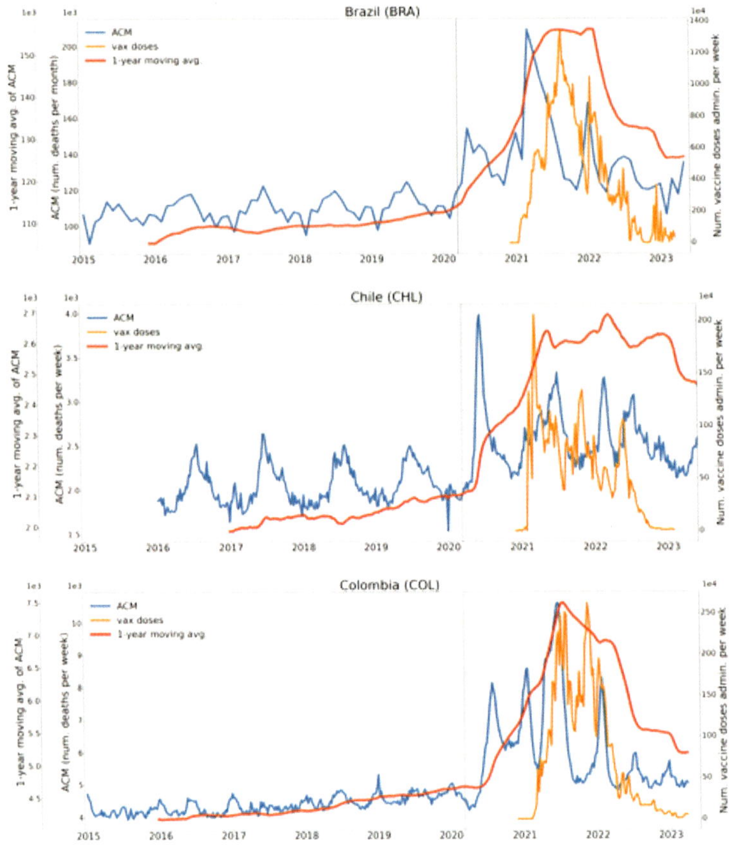
Brazil (BRA)
ACM
vax doses
1-year moving avg.
1-year moving avg. of ACM
ACM (num. deaths per month)
Num. vaccine doses admin. per week
Chile (CHL)
ACM
vax doses
1-year moving avg.
1-year moving avg. of ACM
ACM (num. deaths per week)
Num. vaccine doses admin. per week
Colombia (COL)
ACM
vax doses
1-year moving avg.
1-year moving avg. of ACM
ACM (num. deaths per week)
Num. vaccine doses admin. per week

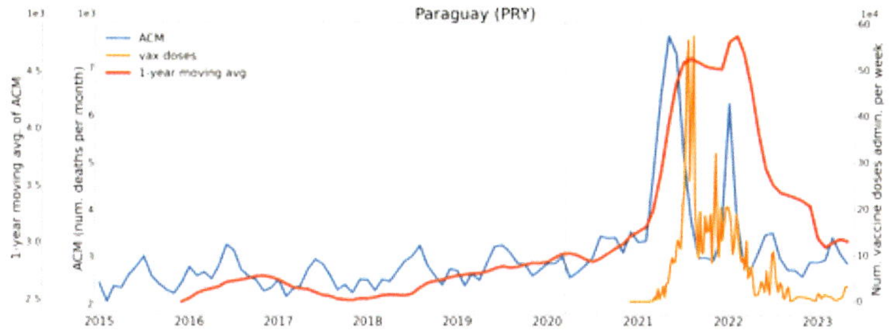
Paraguay (PRY)
ACM
vax doses
1-year moving avg
1-year moving avg. of ACM
ACM (num. deaths per month)
Num. vaccine doses admin. per week

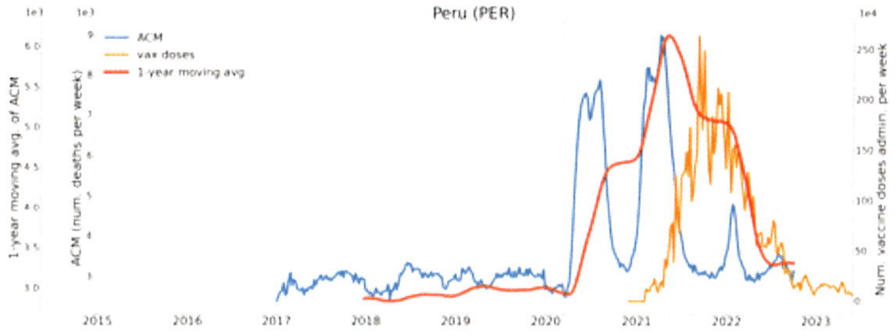
Peru (PER)
ACM
vax doses
1-year moving avg
1-year moving avg. of ACM
ACM (num. deaths per week)
Num. vaccine doses admin. per week

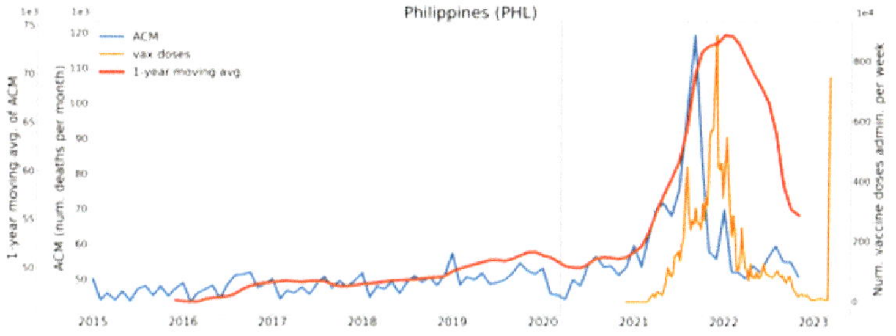
Philippines (PHL)
ACM
vax doses
1-year moving avg
1-year moving avg. of ACM
ACM (num. deaths per month)
Num. vaccine doses admin. per week

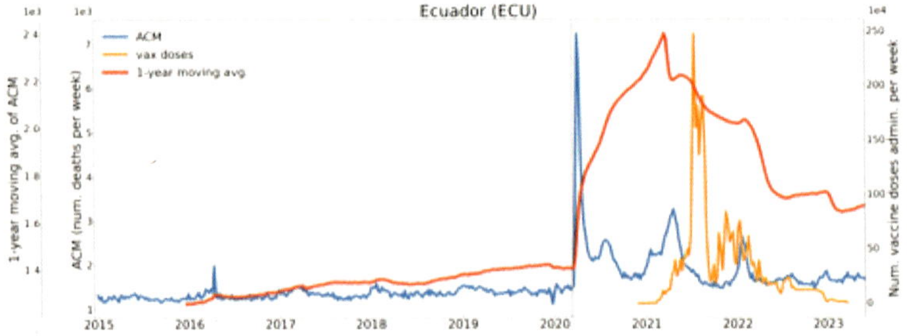
Ecuador (ECU)
ACM
vax doses
1-year moving avg
1-year moving avg. of ACM
ACM (num. deaths per week)
Num. vaccine doses admin. per week
2015
2016
2017
2018
2019
2020
2021
2022
2023

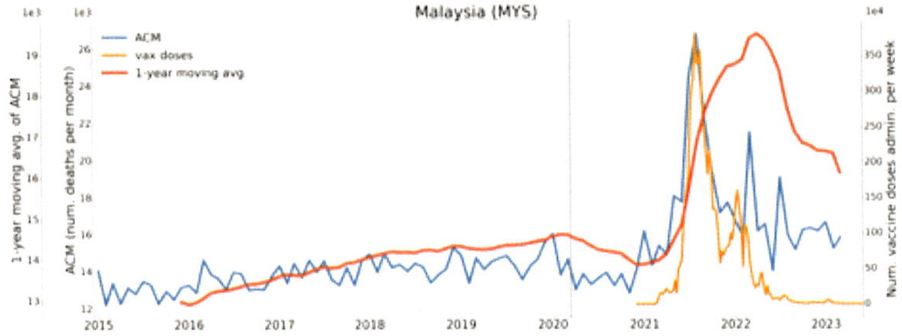
Malaysia (MYS)
ACM
vax doses
1-year moving avg
1-year moving avg. of ACM
ACM (num. deaths per month)
Num. vaccine doses admin. per week
2015
2016
2017
2018
2019
2020
2021
2022
2023

New Zealand (NZL)
ACM
vax doses
1-year moving avg
1-year moving avg. of ACM
ACM (num. deaths per week)
Num. vaccine doses admin. per week
2015
2016
2017
2018
2019
2020
2021
2022
2023

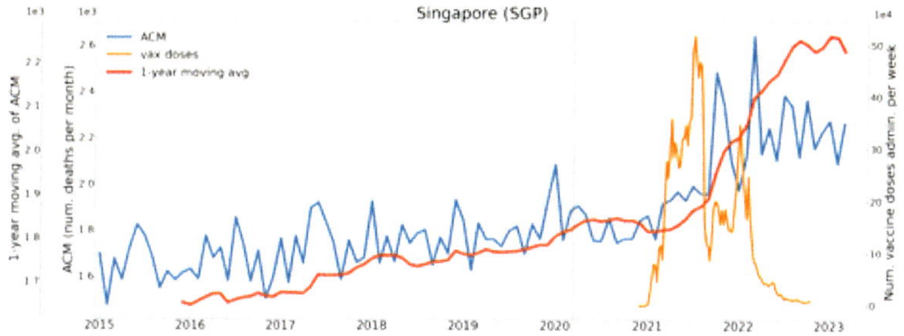
Singapore (SGP)
ACM
vax doses
1-year moving avg
1-year moving avg. of ACM
ACM (num. deaths per month)
Num. vaccine doses admin. per week
2015
2016
2017
2018
2019
2020
2021
2022
2023

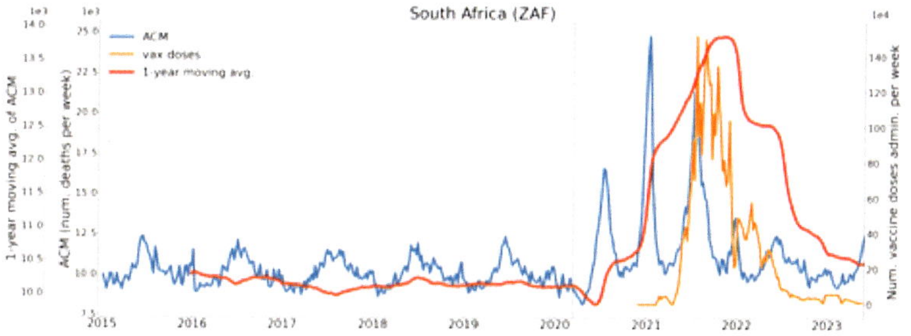
South Africa (ZAF)
ACM
vax doses
1-year moving avg
1-year moving avg. of ACM
ACM (num. deaths per week)
Num. vaccine doses admin. per week
2015
2016
2017
2018
2019
2020
2021
2022
2023

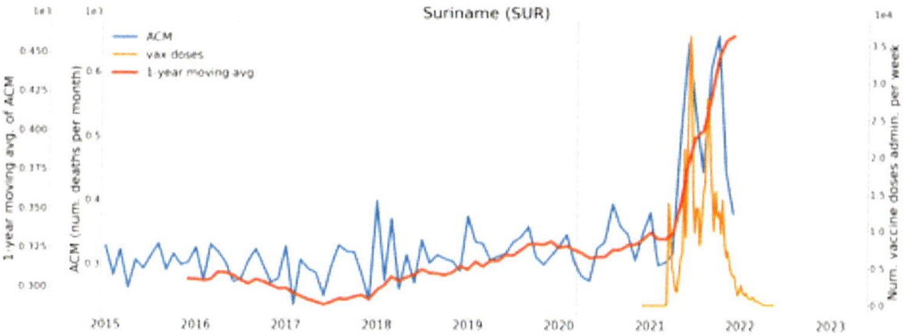
Suriname (SUR)
ACM
vax doses
1-year moving avg
1-year moving avg. of ACM
ACM (num. deaths per month)
Num. vaccine doses admin. per week
2015
2016
2017
2018
2019
2020
2021
2022
2023

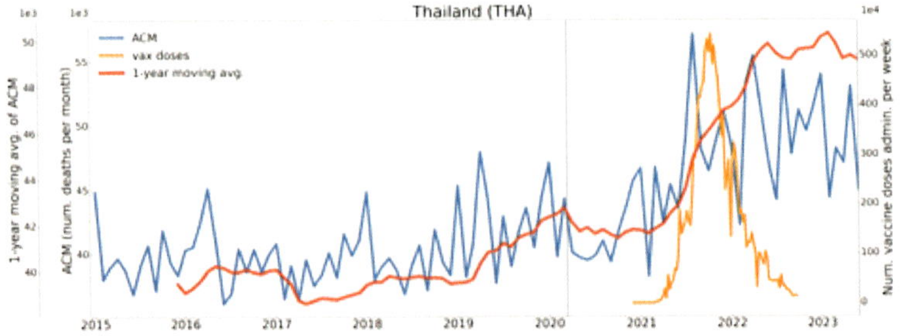

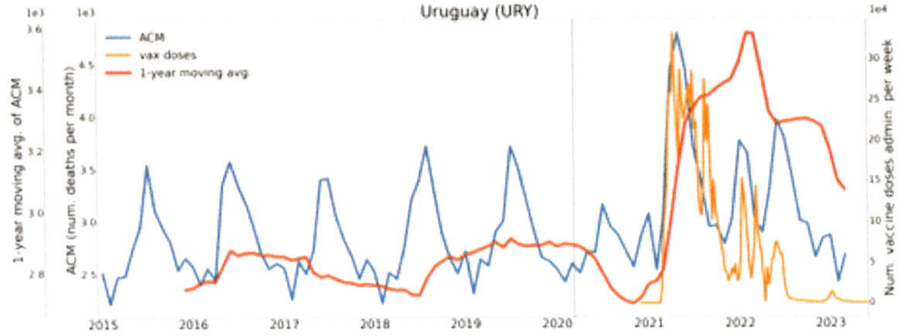

이 17개 국가는 세계 인구의 9.1%를 차지하며 전 세계 코로나19 백신 접종의 10.3%를 차지하는데 인당 1.91번의 백신을 접종했다. 그리고 곧이어 3차와 4차 백신 부스트 추가 접종이 진행되었다. 이 전례 없는 높은 전체 사망률은 2022년 1~2월 사이에 기록이 되었는데, 이 시기는 2021년 3월 11일 펜데믹 선언 뒤 곧 시작한 백신 접종(1차~4차) 시기와 거의 일치하여 이 높은 사망률은 코로나19 백신 접종이 원인으로 보인다.

캐나다와 영국의 데이터

접종자와 미접종자 간의 단순히 감염률뿐 아니라 입원율 및 사망률에서도 뚜렷한 차이를 보여 준다.

코로나19 감염 및 사망률 추세- 캐나다

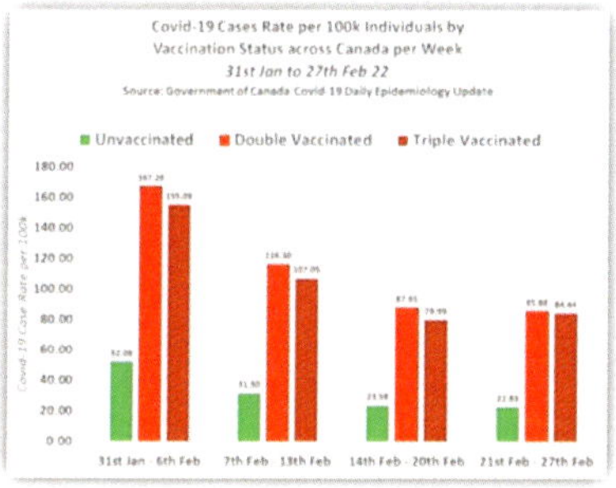

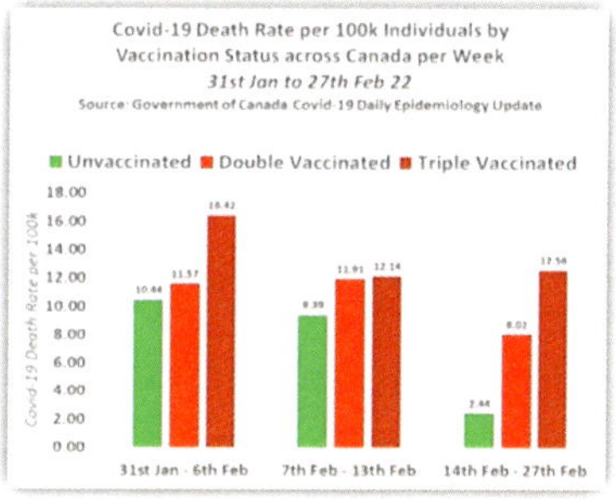

캐나다 정부의 2022년 1월 31일부터 2월 27일까지의 데이터에 따르면 백신 비접종자에 비해 백신 2차, 3차 접종자들의 코로나19 감염률이 3배 이상 높은 것으로 나타났다.

그리고 백신 비접종자에 비해 백신 2차, 3차 접종자들의 코로나19 관련 사망률이 더 높은 것으로 나타났다. 특히 2월 14일에서 27일의 2주간 사망률은 비접종자에 비해 2차 및 3차 접종자들의 사망률은 각각 3.5배에서 5배가 증가한 것으로 나타났다.

코로나19 감염 및 사망률 추세- 영국

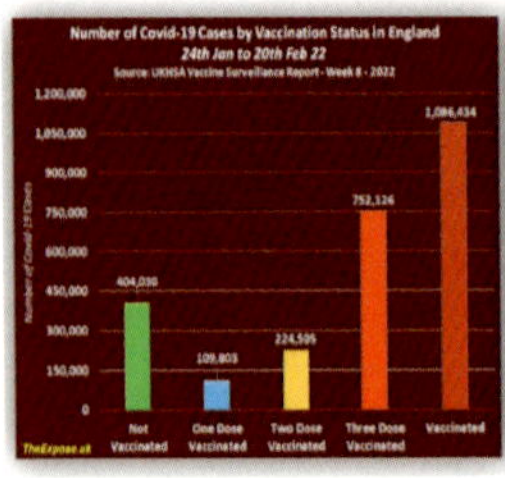

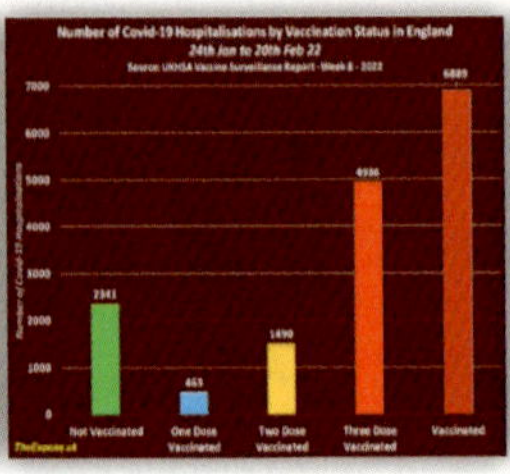

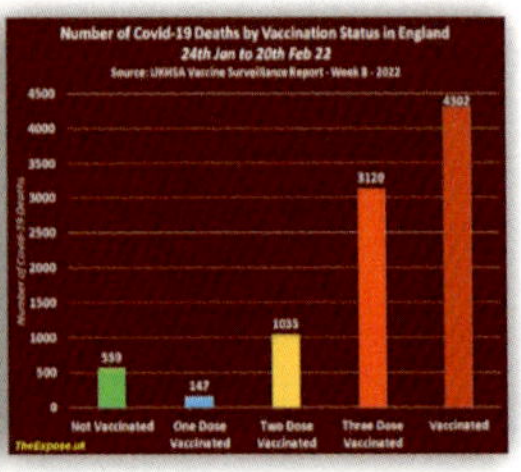

영국에서도 캐나다와 유사한 패턴이 나타났다. 2022년 1월 24일부터 2월 20일까지 영국 보건안전청UKHSA은 백신 접종자들의 총 코로나19 감염 확진자가 108만 6,434건으로 미접종자의 40만 4,030건보다 2.7배 더 높다고 보고했다.

병원 입원율 역시 같은 양상을 보였다. 같은 기간 동안 코로나19로 인해 입원한 백신 접종자는 6,889명인 반면 미접종자는 2,341명에 불과했다. 즉 백신 접종자들은 미접종자들보다 거의 세 배 더 많이 병원 입원을 한 것이다.

가장 충격적인 수치는 사망률이었다. 백신 접종자들의 코로나19 관련 총 사망자는 4,302명으로 미접종자의 559명보다 거의 7.7배 더 높았다.

영국 코로나19 백신 시판 후 조사 보고서(11주차 분석)

프랭크의 우려는 2022년 11주차 UKHSA 백신 시판 후 조사 보고서를 분석하면서 더욱 깊어졌다.

코로나19 백신 시판 후 11주째 조사 보고서에 따르면 7주째(2022년 2월 20일)부터 10주째(2022년 3월 13일) 사이의 코로나19 감염에 의한 사망률이 위의 표와 같이 보고가 되었다. 백신 비접종자의 사망자 수 236명에 비해 백신 접종자(1~3차) 사이의 사망자 수는 2,173명으로 백신 접종자의 사망은 비접종자의 사망에 비해 9.2배가 높았다.

COVID-19 vaccine surveillance report – week 11

Table 12. COVID-19 deaths (a) within 28 days and (b) within 60 days of positive specimen or with COVID-19 reported on death certificate, by vaccination status between week 7 2022 and week 10 2022
Please note that corresponding rates by vaccination status can be found in Table 13.
(a)

Death within 28 days of positive COVID-19 test by date of death between week 7 2022 (w/e 20 February 2022) and week 10 2022 (w/e 13 March 2022)	Total**	Unlinked*	Not vaccinated	Received one dose (1 to 20 days before specimen date)	Received one dose, ≥21 days before specimen date	Second dose ≥14 days before specimen date[1]	Third dose ≥14 days before specimen date[1]
	[This data should be interpreted with caution. See information below in footnote about the correct interpretation of these figures]						
Under 18	2	0	1	0	1	0	0
18 to 29	5	0	1	0	1	2	1
30 to 39	16	0	10	0	0	3	3
40 to 49	34	2	9	1	3	12	7
50 to 59	100	1	25	0	5	24	45
60 to 69	177	0	33	0	7	37	100
70 to 79	503	5	56	0	11	84	347
80 or over	1,584	3	102	0	29	220	1,230

236 Deaths　　2,173 Deaths

* Individuals whose NHS numbers were unavailable to link to the NIMS
** number of deaths of people who had had a positive test result for COVID-19 and either died within 60 days of the first positive test or have COVID-19 mentioned on their death certificate
[1] In the context of very high vaccine coverage in the population, even with a highly effective vaccine, it is expected that a large proportion of cases, hospitalisations and deaths would occur in vaccinated individuals, simply because a larger proportion of the population are vaccinated than unvaccinated and no vaccine is 100% effective. This is especially true because vaccination has been prioritised in individuals who are more susceptible or more at risk of severe disease. Individuals in risk groups may also be more at risk of hospitalisation or death due to non-COVID-19 causes, and thus may be hospitalised or die with COVID-19 rather than because of COVID-19

특이한 점은 1, 2, 3차 백신 접종 횟수가 증가할수록 사망자 수도 급격하게 증가했다는 것이었다. 그리고 전체 사망자 중 70세 이상 노인의 사망자 비율은 비접종자군이 158/236 = 67%였고 접종자군은 1577/2173 = 73%로 백신 접종을 한 노인들의 사망률이 5% 높았다. 한편, 30세 미만의 어린이와 젊은 성인들 사이에서는 거의 사망이 기록되지 않았다.

코로나19 백신 접종 전후의 월별 사망자 수 -- 대한민국

대한한국 질병청 2022년 3월 통계 정보

□ 확진자 성별 현황 (3.7 00시 기준)

구분	확진자(%)	사망자(%)	치명률(%)
남성	2,260,342 (48.43)	4,563 (50.16)	0.20
여성	2,406,635 (51.57)	4,533 (49.84)	0.19

* 치명률 = 사망자수 / 확진자수 × 100

□ 확진자 연령별 현황 (3.7 00시 기준)

구분	확진자(%)	사망자(%)	치명률(%)
80 이상	107,732 (2.31)	4,830 (53.10)	4.48
70-79	170,229 (3.65)	2,358 (25.92)	1.39
60-69	422,323 (9.05)	1,283 (14.11)	0.30
50-59	554,751 (11.89)	414 (4.55)	0.07
40-49	738,543 (15.82)	125 (1.37)	0.02
30-39	707,317 (15.16)	58 (0.64)	0.01
20-29	771,973 (16.54)	22 (0.24)	0.00
10-19	634,652 (13.60)	1 (0.01)	0.00
0-9	559,457 (11.99)	5 (0.05)	0.00

* 치명률 = 사망자수 / 확진자

3/6일 0시 기준,

코로나백신 누적사망자 **1,965명**

3/10일자 질병청 주간보고서(53주차)

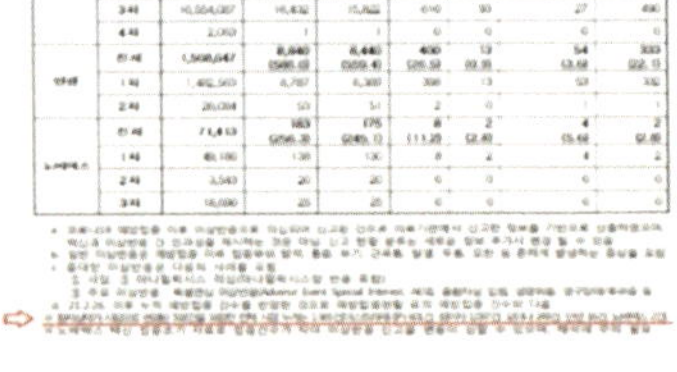

출처: 질병관리청, 2022년 3월 24일

한국에서 코로나19 백신 접종은 캐나다와 영국보다 약간 늦은 2021년 2월 26일에 시작되었다. 질병관리청KDCPA에 따르면, 인구의 87%가 1차와 2차 백신 접종을 완료했으며, 64%가 2022년 3월 24일까지 3차 접종을 받았다.

이 대한민국 질병관리청의 자료를 상세히 분석한 프랭크는 다음과 같은 사실을 발견했다.

2022년 3월 6일 기준으로 코로나19 백신 접종으로 인한 누적 사망자 수가 1,965명이었다. 그리고 코로나19 감염 발생이 2019년 12월에 시작된 후 대한민국에서 2020년 2월부터 2021년 2월 26일 코로나19 백신 접종이 실시되기 이전 13개월 동안 전체 사망자 수는 1,602명이었다. 그러나 그 백신 접종 시작 이후 13개월(2021년 2월 26일부터 2022년 3월 24일까지) 동안 9,755명이 사망했다. 이는 코로나19 백신 접종 이후 COVID 관련 전체 사망자 수가 6.1배 증가한 것을 말한다.

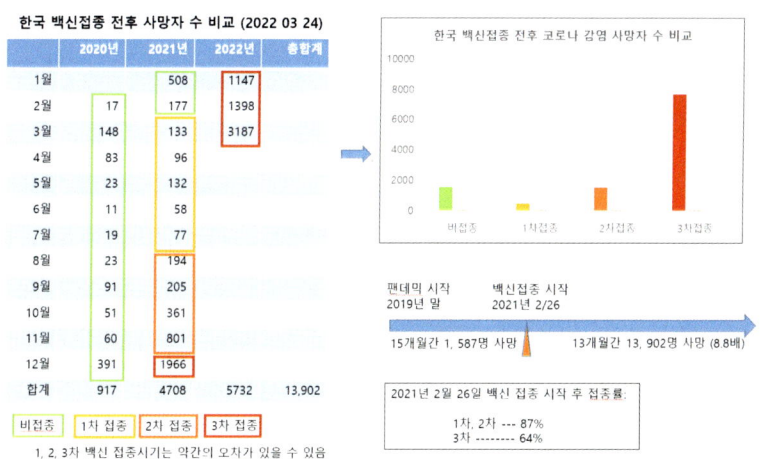

한국 백신접종 전후 사망자 수 비교 (2022 03 24)

	2020년	2021년	2022년	총합계
1월		508	1147	
2월	17	177	1398	
3월	148	133	3187	
4월	83	96		
5월	23	132		
6월	11	58		
7월	19	77		
8월	23	194		
9월	91	205		
10월	51	361		
11월	60	801		
12월	391	1966		
합계	917	4708	5732	13,902

비접종 1차 접종 2차 접종 3차 접종

1, 2, 3차 백신 접종시기는 약간의 오차가 있을 수 있음

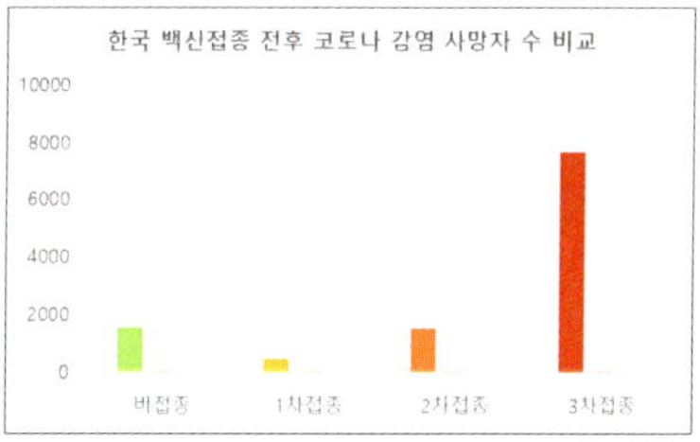

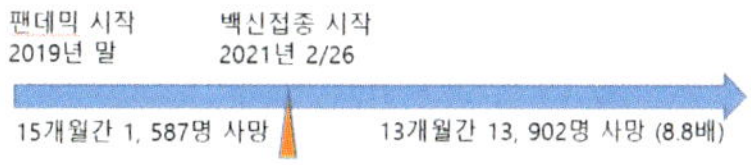

2021년 2월 26일 백신 접종 시작 후 접종률:

1차, 2차 --- 87%
3차 -------- 64%

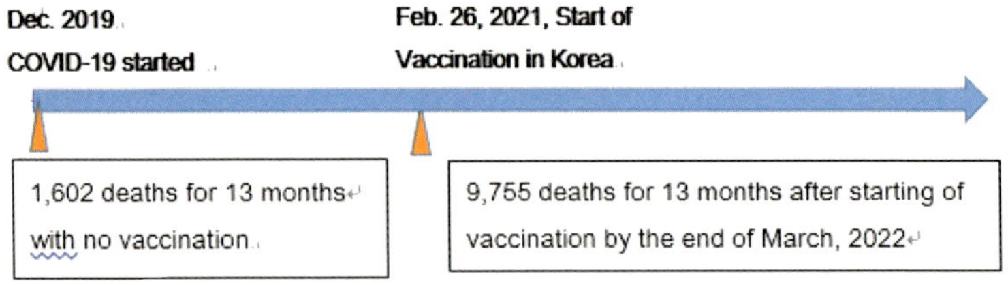

프랭크를 더 놀라게 한 것은, 대한민국에서 발생한 이 사망률 패턴이 캐나다, 독일, 일본, 영국의 데이터의 유형과 매우 유사했다는 것이다. 즉 코로나19 백신 접종자들의 사망률이 미접종자들에 비해 몇 배 더 높다는 것이다. 이는 코로나19 감염을 예방하기 위해 개발된 백신의 효능성에 문제가 있음을 말해줄 뿐만 아니라 백신의 안전성에도 어떤 문제가 있기에 백신 접종이 오히려 사망자 수를 증가시켰다는 것을 의미한다.

캐나다, 영국, 독일, 일본, 대한민국, 등 데이터를 조사 분석한 수십 국가에 걸쳐 나타난 초과 사망률은 백신 접종과 함께 증가하는 경향을 보였으며 특히 사망의 증가는 노인층에서 두드러졌다. 이것은 다음과 같은 중요한 질문을 제기한다. 왜 백신이 가장 취약한 계층을 보호하지 못한 것일까? 반복적인 백신 접종이 면역 체계를 강화하기보다는 오히려 면역을 약화시킬 수도 있을까 아니면 어떤 독성으로 노인들의 사망률이 크게 증가한 것일까?

이러한 질문에 정부 관련 기관들은 침묵을 지켰고 언론은 백신의 안전성에 대한 우려를 일축하고 백신 접종을 지속적으로 홍보했다. 그러나 숫자는 거짓말을 하지 않는다.

코로나19 사망률과 계절 독감 백신 접종 간의 상관 관계: 크리스티안 베헨켈Christian Wehenkel의 분석

백신 접종률 증가에 비례하여 코로나-19 감염 사망자수 증가

[총 39개국 자료 분석]

Source:

Wehenkel C. 2020.
Positive association between COVID-19 deaths and influenza vaccination rates in elderly people worldwide.

PeerJ 8:e10112
https://doi.org/10.7717/peerj.10112

전세계 65세 이상 고령자의 백신접종 비율에 따른 사망

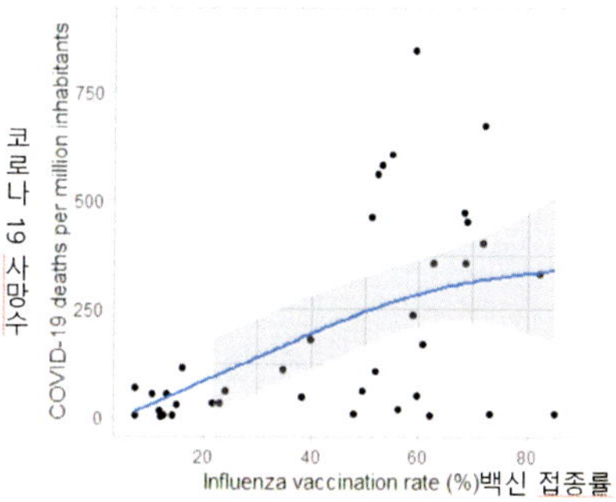

Figure 3: Association of COVID-19 deaths per million inhabitants (DPMI) up to July 25, 2020 with influenza vaccination rate of people aged 65 and older in 2019 or latest data available worldwide.

유럽 65세 이상 고령자의 백신접종 비율에 따른 사망

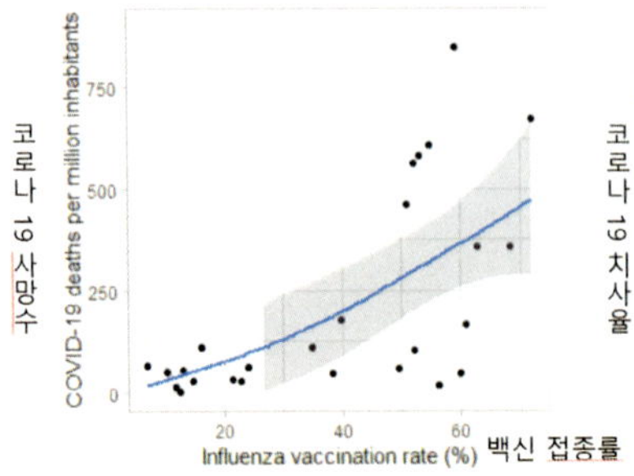

Figure 1: Association of COVID-19 deaths per million inhabitants (DPMI) up to July 25, 2020 with influenza vaccination rate (IVR) of people aged 65 and older in 2019 or latest data available in Europe.

유럽 65세 이상 고령자의 백신접종 비율에 따른 치사율

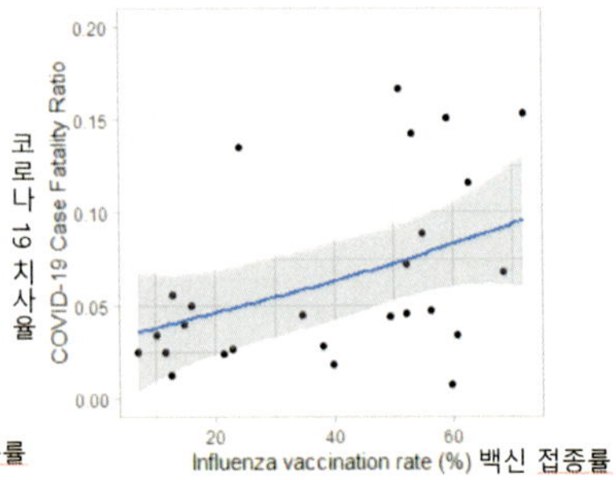

Figure 2: Association of COVID-19 Case Fatality Ratio (CFR) up to July 25, 2020 with influenza vaccination rate (IVR) of people aged 65 and older in 2019 or latest data available in Europe.

출처: Positive association between 코로나19 deaths and influenza vaccination rates in elderly people worldwide, Christian Wehenkel Instituto de Silvicultura e Industria de la Madera, Universidad Juárez del Estado de Durango, Durango, Mexico

크리스티안 베헨켈의 분석 요약

베헨켈은 코로나19 관련 사망률과 고령층의 독감 백신 접종IVR 간의 연관성을 유럽Figure 1&2 및 전 세계Figure 3에서 각각 분석했다. 이 연구는 2020년 7월 25일 기준으로 코로나19 감염으로 사망한 65세 이상의 개인들을 대상으로 39개국에 걸쳐 수행되었다.

주요 발견 사항

전 세계 Figure 3의 그래프는 팬데믹 이전에 맞은 일반 독감 백신

접종이 20%에서 60%로 증가함에 따라 코로나19 감염 사망률이 비례적으로 증가하는 경향을 나타냈다.

유럽 Figure 1 & 2의 그래프는 65세 이상 인구에서 코로나19 사망과 일반 인플루엔자 독감 백신 접종IVR 간의 비례적인 연관성을 결론지었다. 일반 인플루엔자 독감 백신 접종이 높아 갈수록 코로나19 사망 숫자가 증가했다.

시사점

그 인플루엔자 독감백신은 코로나19 바이러스를 직접 표적하는 것이 아니기 때문에 코로나19 감염예방 효과와 직접 상관이 없겠지만 놀랍게도 인플루엔자 독감백신을 많이 맞을수록 오히려 코로나19 감염으로 인한 사망률이 높아지는 것은 어떤 이유인지 연구가 필요하겠다.

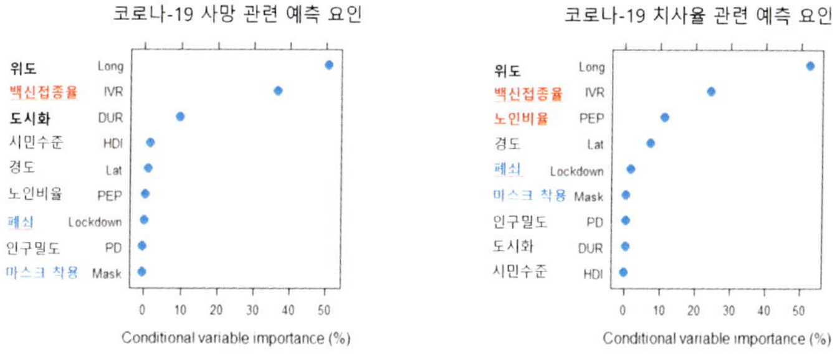

Figure 4: Unbiased Conditional variables importance ranking to predict COVID-19 deaths per million inhabitant

Figure 5: Conditional variables importance ranking to predict COVID-19 Case Fatality Ratio

The results showed a positive association between COVID-19 deaths and IVR of people ≥65 years-old.

65세 이상 고령자의 백신접종율과 코로나-19 사망의 상관관계를 보여줌.

IVR = influenza vaccination rate, Long = centroid longitude (°), Lat = centroid latitude (°), DUR = degree of urbanization in 2020, HDI = Human Development Index in 2018, PEP = percent of elder people in 2019, PD = population density in 2018, mask = the requirement degree of using masks in public (with three degrees: none, parts of country, full country), lockdown = lockdown degree (with three levels: no lockdown, partial lockdown, nationwide lockdown) of each country, at worldwide level. (39 countries studied)

그리고 더 나아가 베헨켈은 고령자들의 코로나19 관련 사망과 치사율 예측 요인들을 분석했다. 분석에 이용된 여러 요인들 중에서 독감 백신 접종이 노인들의 사망과 치사율에 매우 높은 관련이 있었던 반면에 정부가 정책적으로 강제한 록다운(봉쇄)이나 마스크 착용은 사망과 치사율 변화에 관련성이 거의 없었던 것으로 나타났다.

미국 백신 부작용 보고 시스템 2022년 3월 18일 보고서

VAERS = Vaccine Adverse Event Reporting System by US CDC & FDA, 2022, 03 18

From the 3/18/2022 release of VAERS data:

Found 830,210 cases for ALL vaccines prior to 11/30/2020

Table

Event Outcome	Count	Percent
Death	9 066	1 09%
Permanent Disability	20 096	2 42%
Office Visit	42 433	5 11%
Emergency Room	194 438	23 42%
Emergency Doctor/Room	14 764	1 78%
Hospitalized	76 992	9 27%
Hospitalized, Prolonged	3 271	0 39%
Recovered	345 444	41 61%
Birth Defect	166	0 02%
Life Threatening	13 752	1 66%
Not Serious	309 464	37 28%
TOTAL	† 1 029 886	† 124 05%

† Because some cases have multiple vaccinations and symptoms, a single case can account for multiple entries in this table. This is the reason why the Total Count is greater than 830210 (the number of cases found), and the Total Percentage is greater than 100.

830,210 cases found for all vaccines for 30 years prior to Nov 30, 2020.

From the 3/18/2022 release of VAERS data:

Found 1,195,936 cases where Vaccine targets COVID-19 (COVID19)

Table

Event Outcome	Count	Percent
Death	26 059	2 18%
Permanent Disability	48 342	4 04%
Office Visit	183 633	15 35%
Emergency Room	106	0 01%
Emergency Doctor/Room	124 670	10 42%
Hospitalized	143 196	11 97%
Hospitalized, Prolonged	356	0 03%
Recovered	330 723	27 65%
Birth Defect	1 004	0 08%
Life Threatening	29 443	2 46%
Not Serious	532 711	44 54%
TOTAL	† 1 420 247	† 118 76%

† Because some cases have multiple vaccinations and symptoms, a single case can account for multiple entries in this table. This is the reason why the Total Count is greater than 1195936 (the number of cases found), and the Total Percentage is greater than 100.

1,195,936 cases found for the vaccines for COVID-19 for 15 months after Nov 30, 2020.

코로나19 백신 접종 시작 후 15개월 동안(2020년 11월 30일 이후) 보고된 부작용 대비 코로나19 백신 접종 시작 전 30년 동안 모든 백신의 보고된 부작용 비교

프랭크는 2022년 3월 18일의 백신 부작용 보고 시스템(VAERS)의 데이터를 검토했다. 코로나19 백신 접종으로 인해 발생한 엄청나게 증가한 부작용 건수, 사망자 수, 선천적 기형, 뇌 질환, 심장 질환 사례들은 정말 놀라웠다.

- 코로나19 백신 접종으로 인한 부작용: 2020년 11월 30일에 코로나19 백신 접종이 시작된 후 단 15개월 동안 119만 5,936건으로 코로나19 백신 접종 시작 전 30년 동안 모든 유형의 백신에 관련된 부작용 사례 83만 210건을 훨씬 초과했다.
- 사망: 30년 동안 백신과 관련된 사망이 9,066건 있었다. 그러나, 코로나19 백신 접종 후 15개월 동안 2만 6,059건의 사망이 발생했다. 이는 월평균 사망률에서 6,800%(68배)의 증가가 된 것이다.
- 선천적 기형: 지난 30년간 166건이 보고되었지만, 코로나19 백신 접종 후 15개월 동안 1,004건이 나타났다. 월평균 145배 증가
- 뇌 질환: 6만 8,000%(680배) 증가
- 장 질환: 4만 4,000%(440배) 증가

2022년 2월 1일 미국 상원에서 국방부 장관 로이드 오스틴Lloyd Austin에게 보낸 편지

United States Senate

COMMITTEE ON
HOMELAND SECURITY AND GOVERNMENTAL AFFAIRS

WASHINGTON, DC 20510-6250

February 1, 2022

The Honorable Lloyd J. Austin III
Secretary
Department of Defense

Dear Secretary Austin:

On January 24, 2022, I held a roundtable featuring world renowned doctors and medical experts who shared their perspectives on COVID-19 vaccine efficacy and safety and the overall response to the pandemic.[1] At that roundtable, I heard testimony from Thomas Renz, an attorney who is representing three Department of Defense (DoD) whistleblowers, who revealed disturbing information regarding dramatic increases in medical diagnoses among military personnel. The concern is that these increases may be related to the COVID-19 vaccines that our servicemen and women have been mandated to take.

Based on data from the Defense Medical Epidemiology Database (DMED), Renz reported that these whistleblowers found a significant increase in registered diagnoses on DMED for miscarriages, cancer, and many other medical conditions in 2021 compared to a five-year average from 2016-2020.[2] For example, at the roundtable Renz stated that registered diagnoses for neurological issues increased 10 times from a five-year average of 82,000 to 863,000 in 2021.[3] There were also increases in registered diagnoses in 2021 for the following medical conditions:[4]

- Hypertension – 2,181% increase
- Diseases of the nervous system – 1,048% increase
- Malignant neoplasms of esophagus – 894% increase
- Multiple sclerosis – 680% increase
- Malignant neoplasms of digestive organs – 624% increase
- Guillain-Barre syndrome – 551% increase
- Breast cancer – 487% increase
- Demyelinating – 487% increase
- Malignant neoplasms of thyroid and other endocrine glands – 474% increase
- Female infertility – 472% increase
- Pulmonary embolism – 468% increase
- Migraines – 452% increase
- Ovarian dysfunction – 437% increase
- Testicular cancer – 369% increase
- Tachycardia – 302% increase

Renz also informed me that some DMED data showing registered diagnoses of myocarditis had been removed from the database.[5] Following the allegation that DMED data had been doctored, I immediately wrote to you on January 24 requesting that you preserve all records referring, relating, or reported to DMED.[6] I have yet to hear whether you have complied with this request.

미국 국방부 보고된 질병의 급격한 증가

프랭크는 국방부 의료 역학 데이터베이스DMED의 데이터를 보면서 미국 상원이 행동을 취하게 된 원인을 이해하게 되었다. 미국 상원에서 2022년 2월 1일 국방부 장관 로이드 오스틴에게 보내진 편지는 코로나19백신 접종 시작 이후 나타난 놀라운 현상을 지적한다. 미국 국방부 의료 역학 데이터베이스에 수집된 데이터는 미국 군인들에게 코로나19 백신 접종 시작 이후 다양한 질병의 전례 없는 급증을 보여 준 것이다.

미국 군인들에게 코로나19 백신 접종 시작 이후 질병의 증가 사례

- 신경 질환: 5년간 평균 8만 2,000건에서 2021년 86만 3,000건으로 10배 증가
- 고혈압: 2,181% 증가
- 악성 식도암: 894% 급증
- 다발성 경화증: 680% 상승
- 악성 소장암: 624% 증가
- 길랭-바레 증후군: 551% 증가
- 유방암: 487% 증가
- 탈수초 신경병증: 487% 증가
- 갑상선 및 내분비암: 474% 급증
- 여성 불임: 472% 증가

- 폐색전증: 468% 상승
- 편두통: 452% 증가
- 난소 기능 장애: 437% 증가
- 고환암: 369% 증가
- 빈맥: 302% 상승

프랭크가 이러한 수치를 분석하면서 또 다른 문제점을 발견했는데 심근염 사례가 데이터베이스에서 인위적으로 제거되었다는 것이며 이에 상원이 국방부에 모든 DMED 데이터를 보존할 것을 긴급 요청한 것이다.

화이자 내부 문서 공개(코로나19 mRNA 백신 임상시험 데이터 실체)

Disclosure of Pfizer's Internal Documents

PMS (post marketing survey) report covering the three months from December 1, 2020, to February 28, 2021

Table 1. General Overview: Selected Characteristics of All Cases Received During the Reporting Interval

Characteristics		Relevant cases (N=42086)
Gender:	Female	29914
	Male	9182
	No Data	2990
Age range (years): 0.01 -107 years Mean = 50.9 years n = 34952	≤ 17	175[a]
	18-30	4953
	31-50	13886
	51-64	7884
	65-74	3098
	≥ 75	5214
	Unknown	6876
Case outcome:	Recovered/Recovering	19582
	Recovered with sequelae	520
	Not recovered at the time of report	11361
	Fatal	1223
	Unknown	9400

a. in 46 cases reported age was <16-year-old and in 34 cases <12-year-old.

프랭크가 발견한 가장 충격적인 사실 중 하나는 FDA가 화이자의 임상시험 데이터를 75년 동안 공개하지 않으려 했던 것이었다.

FDA는 75년간(2097년까지) 제약사를 보호하기 위해 임상시험 데이터의 비공개를 허락했다. 임상시험 내용을 외부 대중에게 공개하는 75년 후 그때는 지금의 백신 접종자들이 대부분 사망한 다음일 것이다. 그러나 미국의 인권변호사들의 소송에 의해 미국 법원이 FDA에게 제약사의 임상자료 공개를 명령했고 그 후 2,500명의 의료진들이 동참하여 공개되는 화이자 내부 문서를 읽기 시작한다.

공개된 화이자의 코로나19 백신 시판 후 2020년 12월 01일부터 2월 28일까지 3개월 간의 조사 보고서에 따르면 총 15만 8,893건의 부작용 보고 중 4만 2,086건이 백신과 관련이 있는 것으로 보인다. 부작용 건수는 남성의 9,182건에 비해 여성이 2만 9,914건으로 약 3.3배가 높았다. 조사 기간 3개월 동안 사망자 수는 1,223명이 발생했다. 백신 접종 후 신장장애, 급성 이완성 척수염, 뇌 색전증, 심근염, 심장마비, 출혈성 뇌염 등을 포함하여 1,291종류의 부작용이 보고되었다.

화이자 임상시험 데이터는 백신 접종 그룹 피험자 사망자 수가 위약(플래시보) 그룹 피험자 사망자 수 보다 높았다고 기록되어 있다. 코로나19 백신 부작용 3위가 코로나 감염이었으며 화이자는 백신 출시 후 한 달 만에 코로나 예방 효과 없음을 확인했고 자체적으로 코로나19 백신을 실패로 규정했다. 임산부 대상 임상시험에서 피험자 52명 중 22

명(44%)이 유산을 했는데 화이자는 그 데이터를 원인불명으로 기록했고 실험 종결로 분류했다. 그리고 접종받은 여성의 16%는 생식 장애와 생리 주기 교란을 겪었고 생리불순은 1,200% 증가했다.

2021년 5월 화이자는 백신 접종 1주일 내에 미성년자 35명의 심장 손상을 확인했으나 묵인했다. 2021년 8월에 화이자는 심낭염 및 심근염 위험성을 공지했고 FDA도 2021년 12월에 심낭염 및 심근염 위험성을 발표했다. 그러나 2021년뿐만 아니라 2023년 5월 WHO의 팬데믹 종료 선언까지 텔레비전 및 미디어는 청소년을 포함한 백신 접종 홍보를 계속했다.

미국 CDC는 코로나 mRNA/LNP 백신의 스파이크 단백질, 나노 지질 입자 등이 주사 맞은 부위에만 머무른다 발표했으나, 화이자 내부문건에는 백신 접종 후 48시간 이내에 몸 전체로 퍼진다bio distribution고 기록되었다. 나노 지질 입자는 몸의 피막과 점막을 통과하는 목적으로 설계되었기에 뇌, 간, 부신, 비장, 난소 등의 장기에 들어가서 축적된다. 난소에 쌓인 독소는 체외 배출 어렵고 백신 독성 물질들은 대부분 체내 축적된다. 그 결과로 근육통, 신경질환 부작용, 뇌졸중, 출혈, 치매, 길랭바레증후군, 구안와사, 간손상, 근육통, 관절통증 등이 나타나는 것이다.

62명의 아이들을 대상으로 백신 접종 임상시험 진행을 했는데 62명 중 28명의 결과 기록이 없다. 기록 있는 34명 중 7살 영국 소녀의 뇌졸중 확인되었고 생후 2개월 아기의 간 손상이 관찰되었다. 그럼에도 불구하고 FDA는 2021년 초 어린이 대상 코로나 백신 긴급 사용 허가를 했다.

임신중인 여성에게 발생하는 코로나19 백신 독성

매우 흥미롭게도 부작용의 76.5%는 여성에게 발생이 되었다. 미국 CDC 시판 후 조사post marketing data에 따르면 임신중인 백신 접종 여성 835명이 유산 및 사산을 경험했다.

최근에 6명의 스페인 연구자들이 발표한 스프링거Springer 저널 중 하나인 *BMC Pregnancy and Childbirth*에 따르면 2020에서 2022년 사이에 코로나19에 감염된 156명의 여성 중에 45명의 여성이 적어도 1번 이상 백신 접종을 받았는데 45명 중 6명(13.3%)이 유산을 경험한 반면에 백신 접종을 받지 않은 나머지 111명의 여성에서는 5건(4.5%)의 유산이 보고되었다. 백신 접종으로 인해 유산율이 3배가 증가한 셈이다.

닥터 제얀티 쿠나다산Jeyanthi Kunadhasan(호주의 마취과 의사 및 수술 전후 관리 전문의)이 분석한 화이자 코로나19 임상시험 결과에 따르면 스페인 사람들을 대상으로 한 연구에 있어서 백신을 맞지 않은 그룹에서 건강한 출산율은 95.5%였는데 반해 백신을 맞은 그룹의 건강 출산율은 88.9%로 조금 낮았다.

화이자의 mRNA/LNP 백신 출시 후 첫 3개월 동안 보고된 심각한 이상반응이 4만 2,000건이었고 대부분(72%)이 여성들에게 발생했다. 여성에게 발생한 이상 반응 중 16%는 생식기능에 문제가 발생한 것이다. 그리고 흥미롭게도 화이자는 임상시험에 참가한 234명의 임신 여성의 기록을 분실했다고 한다. 분실된 기록 중 36명 여성의 기록을 되찾았는데 36명의 여성 중 29명 (80%)이 유산을 한 것이었다. 그리고 2명의 여성이 사망했다.

질병의 발생, 분포 및 원인을 연구하는 공중보건 전문가인 역학자Epidemiologist니콜라 휠셔Nicolas Hulscher는 체코 공화국에서 백신 접종과 백신 비접종 여성들 사이에서 임신 결과의 차이를 비교 분석했다. 나이 분포 18~39세인 약 130만 체코 여성들 중 백신 접종을 받은 여성들의 임신은 비접종 여성들에 비해 33% 정도가 낮았다.

이런 해로운 결과가 나온 것은 여성들의 생식 기관 내에 백신의 mRNA가 자리를 잡고 지속적으로 스파이크 단백질을 만들어 내고 있기 때문으로 보인다. 그러므로 임신 중에 코로나19백신 접종을 권고하는 질병통제센터의 가이드라인은 즉시 취소되어야 한다고 Hulscher는 주장한다. 그리고 정부 기관은 백신 접종으로 인해 건강에 문제가 생긴 사람들의 보고를 위한 접수창구를 만들어야 할 것이다.

이 외에 여성 임신 및 출산 관련 여러 나라에서 나온 백신 부작용 보고를 요약 및 정리한다.

• 헝가리 2022년 1월(백신 접종 9개월 이후 시점) 출산율 전년 대비 20% 감소
• 백신출시 9개월 후 2022년경에는 서유럽, 북미, 싱가포르, 호주에서 출생아 수 13~20% 감소
• 스코틀랜드에서는 백신 접종 후 사산아수가 전년도에 비해 2배 증가, 백신 접종 후 20~26주 사산아 수치가 증가하여, 2021년 태아 1000명당 29명 사망
• 캐나다 태아 4000명 중 83명 사망

다음은 의료 현장과 보험사에서 나온 백신 접종 관련 정보다.

• 간호원 @montanagal6958가 보내온 메시지: 저는 생명 통계자료를 근거로 코로나19 백신 접종 이전에 비해 태아 사망률이 두 배로 증가하고 있음을 보고 있으며, 지금 임신 32주 이하의 임산부들로 산전 병상이 가득 차 있습니다. 간호사로 일을 한 수년 동안 이러한 현상은 결코 본적이 없습니다. 언제까지 이런 괴물들이 우리 아기들을 해치고 우리에게 거짓말을 하도록 허락할 것입니까? 언제까지 침묵을 지킬 것인가요? 이러한 태아 사망증가와 32주 이하의 임산부의 산전 병상 입원이 높은 현상은 분명 위험한 경보입니다.(I am witnessing double the fetal death rate compared to pre-shot years per vital stats and the antepartum beds are FULL of pregnant mom's 32 weeks GA and less. I have been a nurse for many years and NEVER seen anything like this. How long are we going to allow these monsters to hurt our babies and lie to us? How long are we going to stay silent? The increase in fetal death rates and the high occupancy of antepartum beds for pregnant women at 32 weeks gestation or less is indeed alarming.)

- 미국 아이다호의 보험사 보고: 코로나19 백신 접종 시작 후 2022년 9월 25일 현재 예년에 비해 18~44세 사망률이 40% 증가했다.

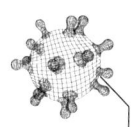

제18장

백신을 비롯한 약에 대한 신뢰의 배신

코로나19 백신과 팬데믹 정책에 관한 패널 토론

패널 토론 진행자가 말을 시작했다.

"지난 3년 동안 세계는 신종 바이러스 발생으로 인해 전례 없는 엄청난 사회적 혼란에 휩싸였습니다. 특히 아픈 부분은 이 팬데믹 기간 중 많은 사람들이 바이러스 감염으로 인해 고통을 받았고 또 감염 예방을 위해 받은 백신 접종 후 일어난 심각한 부작용으로 많은 사람이 고통을 받고 희생되었습니다.

오늘 우리는 팬데믹 기간 동안 코로나19 감염 사태를 대응한 정부, 국제 기구, 의료 기관, 제약 회사들이 취한 일과 행위에 대해 토론하기 위해 저명한 전문가 패널들을 모았습니다. 오늘의 토론을 통해 그동안 팬데믹 대응을 위해 무엇이 어떻게 진행되었고 그리고 발생한 여러 문제점을 어떻게 개선해야 할지에 대해 여러 전문가분들의 견해를 들어보겠습니다.

패널리스트 A: 팬데믹과 WHO의 역할

글로벌 보건정책 전문가이자 국제 보건 기구의 전직 자문위원인 패널리스트 A는 신중한 용어로 말하면서도 비판적인 질문을 제기하는 것을 두려워하지 않는다.

"WHO는 2020년 1월 30일 팬데믹 비상사태 선언 후 3년 3개월 만인 2023년 5월 5일에 팬데믹 종료를 선언했는데 코로나19 팬데믹은 역사상 5번째로 사망률이 높은 것으로 랭크가 되었습니다. 그런데 이번 팬데믹 사태를 계기로 많은 사람들은 WHO 자체의 전문성과 독립성에 대해 의문을 가지게 되었습니다. 그 독립성과 전문성에 대해 의문점은 여러 가지가 있지만 우리는 특히 WHO의 팬데믹 종료의 기준이 모호하고 이해하기가 어렵습니다. 바이러스의 전염성이 하룻밤 사이에 사라졌습니까? 대중은 이 갑작스러운 지침 변화에 대한 명확성을 요구할 자격이 있습니다. 그 이해가 어려운 이유를 다음과 지적해 봅니다.

- 질병의 안정화: WHO는 코로나19 가 전 세계적으로 널리 퍼져 있으며, 많은 국가에서 질병의 관리와 대응 능력이 향상되었다고 합니다. 그러나 WHO의

질병의 안정화의 정의가 무엇을 의미하는지 이해가 되지 않습니다. 코로나19 바이러스가 전 세계적으로 널리 퍼져 있으면 이것은 안정화가 아닌 국민들은 계속 긴장을 해야 할 사항일 것이며 차라리 그 바이러스 감염력이 약화가 되고 전파력이 낮아서라면 질병의 안정화라는 말이 맞을 수가 있겠습니다. 이 문제를 더욱 복잡하게 만드는 것은 WHO의 일관성 없는 소통입니다. 팬데믹 종료선언 하루 전 만 하더라도 제약 회사와 정부는 백신 추가접종을 연일 광고를 하며 사람들의 일상생활을 통제했는데 어떻게 하루 이틀 사이에 세상이 안정화되거나 바뀌었는지 이상할 뿐입니다.

- 백신과 치료제의 보급: WHO는 백신과 치료제의 개발 및 보급이 이루어져 많은 사람들이 예방접종을 받았고 치료 방법도 개선되었다고 합니다. 그리고 이로 인해 중증환자와 사망률을 크게 줄이는 데 기여를 했다고 합니다. WHO는 많은 사람들이 백신 접종을 받아 중증환자와 사망률을 크게 줄었다고 하나 백신 접종 전과 비교하여 백신 접종 후의 전 세계적인 감염률과 사망률 증가 데이터와는 정 반대되는 것입니다.
- 의료 시스템의 적응: WHO는 전 세계의 의료 시스템이 코로나19에 대응할 수 있도록 적응하고 강화되었다고 합니다. 나는 어떤 의료 시스템을 말하는 것이지 알 수가 없습니다. 의료 시스템이 백신 구입 및 접종과 중증환자 입원 및 치료를 말하는 것이라면 우선 백신을 전 국민에게 접종하기 전에 백신의 효능과 안전성에 대한 검정을 충분히 해야 하는 시스템이 필요하겠습니다. 그리고 사후 백신 접종의 부작용에 대한 대응책도 준비가 되어야 할 것입니다.

- 국가별 관리 능력: WHO는 각국이 자체적으로 코로나19고 합니다. 그러나 감염 질병에 대한 관리 시스템은 과거에도 있었지요. WHO는 과거에도 유사한 감염질병에 대한 관리 지침을 보내 각국 정부들이 협력과 공조를 했습니다. 문제는 WHO의 특정 감염질병에 대한 자체의 전문성이 있는가 입니다. WHO 자체에서 연구 분석한 결과를 투명하게 알려주는 것이 아닌 외부 제약사나 정부 연구소에서 보내준 정보를 전달하는 역할만 한다면 미래에도 WHO의 전문성과 독립성에는 의문이 남을 것입니다.

국제기구들의 운영은 부자 국가나 외부 단체로부터 나오는 자금으로 운영이 되는데 큰 자금을 제공하는 국가나 단체로부터 WHO와 같은 국제기구는 자유로울 수가 없을 것입니다."

패널리스트 B: 화이자 임상시험 데이터 공개

오랜 기간 동안 의료 산업의 은폐를 폭로해 온 탐사 기자인 패널리스트 B는 직접적이며 책임 추구에 대해 단호한 스타일이다.

"미국 연방 판사는 최근 FDA에 75년 동안 비공개로 유지하려 했던 화이자의 코로나19 백신 임상시험 문서를 공개하라고 판결했습니다. 이 결정으로 인해 FDA에 제출했던 화이자의 백신 임상시험 관련 자료를 조금씩 공개하고 있습니다. 현재까지 공개된 자료를 보면 1270여가지의 부작용이 총 망라되어 있고 그중에는 생명을 위협하는 많은 부작용과 부작용으로 사망한 사례들도 많이 들어있지요. 임상시험 중 이러한 부작용 데이터가 나왔음에도 불구하고 화이자가 임상시험을 계속한 이유가 무엇인지 그리고 단 6개월간의 임상시험 데이터로 FDA가 백신 판매 허가를 한 과정을 알아보아야 할 것입니다. 이 질문에 대한 투명한 설명과 그에 대한 책임을 정리하지 않으면 규제 기관에 대한 신뢰는 계속해서 손상될 것입니다."

그리고 백신 접종으로 자식들이 사망한 유가족들은 정부에 항의를 해보고 국회 등 기관에 도움을 요청하나 돌아오는 대답은 그들의 사망과 백신 접종 사이에는 직접관련이 없다는 것입니다. 그러니 독립적인 제3의 전문가 그룹이 임상시험과 시판 후 부작용 데이터를 기반으로 백신 접종으로 사망한 희생자들의 케이스를 비교 분석하여 백신 접종이 희생자 사망에 연관이 있으면 보상을 해야 할 것입니다. 그리고 심각한 부작용 위험성의 경고를 무시하고 백신 임상시험을 지속한 관련자들과 FDA의 백신 판매 허가를 한 사람들도 기소를 하여 재판을 받게 해야 한다고 봅니다."

패널리스트 C: 제약 산업에 대한 신뢰성

수십 년의 임상 경험을 가진 베테랑 의사인 패널리스트 C는 제약 산업에 대한 큰 좌절감과 환자들에 대한 연민을 담아 이야기 한다.

"일반 생활용품을 살 때는 소비자들은 스스로 그 물건에 대한 판단을 하여 구입을 하는 반면에 약을 구입할 때는 제약 회사들이 알려주는 정보에 의존하게 됩니다. 그런데 제약사의 일방적인 정보 안에는 약의 효과에 대해 과장이 있을 수도 있고 어떤 부작용 데이터는 은폐를 하여 유리한 부분을 확대 해석해서 전달하게 되면 소비자는 약물의 어떤 부작용 때문에 치명적인 피해를 당할 수도 있습니다.

환자들이 생각하지 못하는 것은 의사들이 각자 전문 질병에 대해서는 풍부한 지식이 있다 하더라도 약에 대해서는 제약 회사가 제공하는 정보 이외에는 잘 모른다는 것입니다. 그러므로 제약 회사가 만든 약의 정보를 의사들은 그냥 믿고 환자에게 처방을 할 수 있는 것입니다. 어떻게 보면 제약사들이 만약 부정행위를 한다면 의사들의 이러한 무지한 도움이 없이는 어려울 것입니다. 좋은 의도를 가진 의사들도 약의 좋은 데이터만 보여주는 제약사의 일방적인 약물 정보에 의존하여 처방을 내리면 환자에게 해로운 결과를 초래시킬 수 있겠지요.

과거 여러 사례에서 보았듯이 제약사들의 고위 임원들은 자신들의 비즈니스 목표를 달성하기 위해 알게 모르게 부정직한 일을 해온 경우가 많고 목표 달성을 위해 그들은 규제당국, 의사, 환자, 그리고 제약 산업 관련자들에게 거짓말도 할 수 있을 것입니다.

제약 시장에는 헤아릴 수 없을 만큼 많은 약들이 팔리고 있지만 대부분의 약들은 환자의 병을 완화시킬 수는 있지만 치유하지는 못합니다. 그러나 환자들은 그 약들에 종속되어 평생 그 약을 먹게 되며 환자는 인지하지 못하지만 장기간 복용하는 약의 부작용으로 인해 또 다른 질병을 얻게 될 수 있습니다. 사람들은 장기간 복용하기 시작한 약의 부작용을 치료하기 위하여 또 다른 약을 처방을 받는 악순환을 거듭하며, 결국 늘어나는 많은 약의 복용으로 인해 건강에 해를 입을 수 있다는 사실을 모릅니다.

독성학적 측면에서 보면 모든 약은 독성을 함유하는데 약의 유익성과 독성으로부터 위해성을 가르는 기준은 적절한 투여량입니다. 모든 환자에게 해(독성/부작용)보다 득(치료 효과)이 많은 적정량을 찾는 것이 필수이며 이 적정량을 찾아내는 것이 약 개발에 있어 기본이 되는 것입니다. 그러나 적정량의 약을 투여하여 단기간은 효과를 본다 하더라도 환자가 장기간 약을 복용함으로써 작은 독성이 누적되어 큰 독성으로 변해 또 다른 부작용과 질병을 초래할 수도 있는 것이지요. 그리고 약 복용으로 생명을 연장시킬 수는 있지만 삶의 질은 점점 더 나빠질 수 있음을 알아야 합니다.

그럼에도 불구하고 약에 대해 사람들의 신뢰도는 매우 높은 것 같습니다. 건강을 위해 약을 먹고자 하는 욕구는 인간만이 가지는 특징일 것 같습니다. 약의 장기 복용은 결국 인간의 건강을 더 나쁘게 할 수도 있다는 게 사실인데도 의사도 환자도 이 사실을 모르거나 외면하는 것 같기도 합니다. 어떤 환자들은 하루에 복용하는 약의 종류가 열 가지 이상이 되는 것을 흔히 볼 수 있지요. 어쩌면 이런 환자들은 한동안 그 많은 약물 복용을 멈추고 나면 오히려 건강상태가 호전되는 것을 경험할 수 있을 것입니다.

마찬가지로 사람들은 코로나19 백신에 대한 무한한 신뢰를 가지고 접종을 받았습니다. 정부는 유전자 합성 mRNA 백신을 비롯한 백신을 긴급히 수입하여 전국민에게 무료접종을 시작하며 언론을 통해 백신을 접종하면 그 바이러스 감염 예방이 95%에 달한다고 홍보를 했지요.

그런데 검정이 덜 된 것인지 백신 접종과 함께 곧 이상한 현상이 시작되었습니다. 정부는 국민들에게 백신을 1차, 2차, 3차까지 접종을 했으나 바이러스에 대한 감염 예방은 효과가 없었고 감염은 줄어들지 않았고 오히려 감염자 수는 증가했습니다. 그러자 정부는 말을 바꿔서 이 백신은 코로나19 바이러스 감염을 예방할 수는 없지만 감염 환자가 생명을 위협하는 중증에 빠지는 것을 막아준다고 했습니다. 그리고 코로나19 감염 환자의 중증화와 사망을 예방하기 위해 지속적으로 몇 차례 백신을 접종해야 한다고 했습니다.

우리는 백신 접종 후에 체내에 항체가 형성되어 해당 세균이 체내에 침입 시 항체가 세균과 싸워서 방어 역할을 한다고 배웠습니다. 그런데 3차까지 맞은 코로나19 백신은 제대로 된 항체를 만들지 못하고 면역 체계를 비정상으로 만들어 방어역할을 못했기 때문에 감염이 계속된 것이 아닌가요? 그럼에도 불구하고 정부당국은 코로나19 바이러스 백신을 5차까지 맞으라고 하며 심지어는 면역력이 충분히 왕성한

청소년뿐만 아니라 어린 아기까지 접종을 하라고 홍보를 했습니다.

정부 보건당국은 백신의 효능을 제대로 검정하고 국민들에게 접종을 시켰는지 알 수가 없습니다. 보건당국의 공무원들이 어떤 전문성이 있는 자들인지 그들은 그들에게 주어진 역할과 책임을 제대로 실행했는지 국가 차원에서 검정이 필요하다고 봅니다.

그리고 신기술이라는 유전자 조정 mRNA 백신은 사람들에게 많은 부작용을 초래했습니다. 보고되지 않은 부작용을 포함하면 피해는 더욱 클 것입니다. 우리는 정부로부터 코로나19 백신 접종 전과 후의 임상데이터를 모아 비교 분석을 한 투명한 결과 보고를 기대합니다."

패널리스트 D: 정부와 제약사 간의 백신 구입 계약과 대중 기만

법규 및 규정에 전문성을 가진 법률 전문가인 패널리스트 D의 스타일은 체계적이고 예리하며 숨겨진 사실을 밝혀내는 데에 단호하다.

"코로나19 백신 구입관련 국가와 제약사간의 거래 내용은 비공개입니다. 각 국가의 백신 수입판매 긴급 승인에는 백신 부작용으로 인한 모든 책임에 대해 제약사의 면책조건 포함되었다고 합니다. 이것은 중요한 질문을 제기하게 합니다. 만약 회사들이 자신들이 국민들을 대상으로 광고한 백신 제품의 안전성과 효능에 대해 확신했다면 왜 이러한 광범위한 법적 보호를 주장했습니까?

그리고 정부 기관은 국민에게 접종시킬 백신의 효능과 안전성을 사

전에 검정하는 것은 기본 중 가장 기본적인 중요한 일 것입니다. 도대체 보건복지부 장관, 식품의약품안전처장, 질병관리처장 들은 제약사들로부터 백신 수입 과정에서 한 일이 무엇입니까?

그리고 제약사는 백신의 효과가 불분명하고 많은 부작용이 일어날 수 있음을 사전에 인지했을 것이나 무지한 정부 기관은 바이러스 감염에 대한 공포를 조성하고 연예인, 정치인 등을 이용하여 백신 접종 필요성을 거짓 광고 및 홍보를 했습니다. 이렇게 무지하고 관료적인 공무원들은 국민을 통제하고 백신 접종을 반강제로 실시했는데 국민들은 백신을 수차례 맞아도 감염은 지속되었고 백신으로 인한 심각한 부작용이 속출되었고 심지어는 많은 사망자가 발생했습니다. 이 코로나19 백신 관련사건은 제약사가 관계 정부 기관과 함께 일으킨 인류 최악의 범죄일 수가 있습니다.

네덜란드 CDC(질병통제센터)의 2022년 1월 발표 자료를 인용하여 여러 바이러스 감염으로 인한 사망률을 비교해보겠습니다.

네덜란드 CDC에서 2022년 1월에 발표한 여러 종류의 바이러스 감염으로 인한 사망률을 비교해 보면 '코로나19 바이러스가 그렇게 위험한 바이러스인가'라는 질문이 나옵니다. 사망률이 매우 높았던 메르스(50%), 에볼라(34%), 천연두(30%)에 비교하면 코로나19 바이러스 사망률은 전체 나이를 평균해서 0.15%로 매우 낮게 나왔습니다.

코로나19 바이러스 감염으로 70세 이상의 노인들의 사망률이

0.6%를 차지했으나 40세 이하의 사람들에 있어서는 코로나19 바이러스 감염으로 인한 사망률이 거의 없습니다. 이 데이터에 근거하면 40대 미만은 기저질환자를 제외하고는 백신 접종을 하지 않더라도 중증으로 갈 확률이 거의 없다는 것이지요. 이런 근거로 보면 건강한 사람에게 코로나19 백신 접종의 이득은 아무 없다고 봐도 될 것입니다.

바이러스 종류	사망률	
에볼라 Ebola	50.0%	
메르스 MERS	34.4%	
천연두 Small pox	30.0%	
사스 SARS	9.6%	
계절성 독감 Seasonal Flu	0.16%	
코로나 코로나19	0.15%	**평균 연령**
	0.00001%	0-20살
	0.0003%	21-40살
	0.0035%	41-60살
	0.02%	60-70살
	0.1%	70-80살
	0.5%	80 이상

네덜란드 CDC(질병통제센터)의 2022년 1월 코로나19 관련 사망률 비교 자료

그럼에도 불구하고 제약사의 광고를 대신하던 부패하거나 무지한 정부 기구는 어린아이들에게까지 백신 접종을 독려했고 건강했던 청소년들이 백신 접종 후에 사망한 사례가 많이 보고가 되었습니다. 그러나 정부 기관은 청소년들의 백신 접종과 사망 사이에는 인과관계가 없다고 합니다.

계절성 독감 바이러스 치사율(0.16%)과 비슷한 치사율의 코로나19 바이러스 때문에 왜 국민들이 3년 3개월동안 팬데믹 통제 아래에서 일상생활에 고통을 받고 그리고 반강제로 백신 접종을 받고 많은 사람들이 부작용의 고통에 시달려야 했는지 질병관리처장은 대답을 해야 할 것입니다.

전반적으로 코로나19 바이러스의 위험은 다른 바이러스들에 비해 사망률은 매우 낮은데 국민들에게 반강제적으로 투여한 백신으로 인해 전체 사망률이 평년에 비해 오히려 급격히 증가했음을 전 국민에게 알리고 그 원인을 분석해서 공개해야 할 것입니다.

패널 토론 진행자

"패널리스트들께서 전문적인 의견과 함께 여러 중요한 점들을 지적해 주셨습니다. 오늘 토론은 WHO의 역할과 기능, 제약사의 이익만을 추구하는 업무 수행, 사람들의 약과 백신에 대한 무한한 신뢰, 제약사의 정부 행정기관 그리고 의료 기관에 보이지 않는 로비 등의 문제를 되돌아보게 합니다.

공중보건 결정은 정치나 기업의 영향을 받아서는 안 될 것입니다. 규제 기관과 질병관리기관은 투명하고 과학적 데이터에 기반한 정책을 실시하여 대중의 신뢰를 회복하고 시민들이 건강에 대해 투명한 정보를 제공받을 수 있도록 해야 하겠습니다.

결론적으로 오늘의 토론은 공중보건과 기업 이익의 교차점에 있어서 투명성과 책임성을 제기합니다. 앞으로 나아가면서 우리는 정치와 상업의 의학적 개입에 대해 엄격하고 독립적인 감독을 요구해야 합니다. 제약과 의학에 대한 신뢰는 투명한 데이터에 기반합니다. 투명성이 없다면 대중의 신뢰는 계속해서 약화될 것입니다."

대한민국 국회 주최 미래 감염병 대응을 위한 세미나

대한민국 국회에서는 국회에서 코로나19 팬데믹 정리와 미래의 팬데믹을 대응하기 위한 토론 세미나가 열렸다. 발표자와 토론자들은 몇 개 병원의 감염내과 의사들과 질병관리센터 공무원 등이었다. 그들은 코로나19 팬데믹 기간 중에 언론과 텔레비전에서 백신의 효율성과 안전함에 대해 정부의 홍보를 대신하고 제약사의 백신 접종 광고를 대신하는 듯한 말들을 해대었던 이름과 얼굴이 익숙한 사람들이었다. 제약사 이익을 대변하는 수준의 감염내과 의사들은 감염환자를 수용할 병원시설 확장 등에 필요한 예산 늘리기에만 토론 시간을 할애했다. 발표자들은 미래에 다시 올 팬데믹 대응을 위해 더 많은 환자를 수용할 수 있도록 병원 및 요양원 수용력을 늘릴 것을 제안했다. 일부는 호텔과 전시장을 임시 격리 또는 치료 시설로 전환하는 제안까지 했다.

그러나 이들은 많은 사람들에게 고통을 주었던 가장 중요한 중요한 주제인 백신의 부작용 및 안전성에 대한 논의는 전혀 하지 않았다. 세미나가 막바지에 가까워질 즈음 백신 접종 희생자 유가족 대표가 나섰다. 그는 질병관리청에서 나온 백신 접종 전과 후의 비교 데이터를 인용하며 단상에 앉아 있는 이 발표자들을 대상으로 백신 부작용으로 사망한 자녀들의 사망 원인에 대한 토론과 희생자들에 대한 보상을 요청하는 질문을 하자 토론자들은 침묵했고 누구도 마이크를 들지 않았다. 회의장은 유가족들의 항의로 시끄러워졌고 사회자는 세미나 종료를 선언했다.

히포크라테스 선언을 하고 환자들의 건강과 생명을 보호하기 위해 충심으로 일을 하는 의사들과는 달리 제약사와 정부 기관의 나팔수 역할을 하는 이런 자들은 도대체 무슨 생각으로 병원에서 일을 하는 의사가 되었는지 궁금할 따름이다.

구분	백신접종 전	백신접종 후
코로나 사망자	1년 1,300명	1년 4,000명 이상
기타 사망자	-	백신 부작용 1,800명 추가
중증 장애 신고 (사지마비, 백혈병 혈액암, 뇌출혈등)	- (코로나 걸리고 사지마비등 없음)	14,000명 (사지마비, 백혈병등)
기타 이상반응	- (코로나 후유증은 보고된건 없음)	446,779명 (백신맞고 이명, 두통 어지럼증등)

자료 : 질병관리청 https://ncv.kdca.go.kr/board.es?mid=a11707010000&bid=0032#

백신안전성평가위원장과의 논의

백신 접종으로 인한 사망자 가족들과 부상자들이 정부 기관에 피해보상에 대해 항의를 하던 중에 정부는 심근염과 심낭염을 백신 접종 후 발생한 부작용으로 인정한다고 처음 발표를 했다. 이 결정은 백신안전성평가위원회를 통해 나온 발표였고 그 발표 대표자는 예방의학 전문의 닥터P였다.

프랭크는 mRNA/LNP 백신 접종 관련하여 보고된 수많은 문제점을 정리한 자료를 가지고 백신안전성평가위원장 닥터 P와 개인적으로 토론을 했다. 먼저 프랭크는 백신 안전성평가 위원회가 공중 보건에 심각한 결과를 초래할 수 있는 백신 데이터를 더 철저히 검토하지 않은 이유를 물었다. 그리고 백신안전성평가 위원회는 보고된 수많은 부작용 중에 어떻게 하여 심근염과 심낭염만 공식적인 부작용으로 결정했는지? 그리고 프랭크가 정리한 mRNA/LNP 백신의 효능과 안전성에 대해 정리한 자료를 어떻게 생각하는지를 질문했다.

닥터 P의 대답은 보고된 많은 부작용들과 백신 접종과의 인과관계 증명을 짧은 시간에 다 할 수가 없었다는 것이다. 그리고 그는 프랭크가 mRNA/LNP 백신의 문제점을 정리한 자료들에 개인적으로 대부분 동의를 한다고 말한다.

프랭크는 닥터 P에게 다음과 같이 요청을 한다.

"닥터 P께서 제가 정리한 내용에 대부분 동의를 한다면 정리한 자료를 가지고 백신안전성평가위원들이 전반적으로 검토를 하고 국가 차원에서 정리를 하여 국민들의 건강을 위해 mRNA/LNP 백신의 여러 잘못된 점을 고쳐 나가면 안 될까요?"

닥터 P는 "네, 다음 회의 때 백신안전성평가위원들과 회의를 해서 검토를 해 보겠습니다."라고 대답을 했다. 닥터 P의 답을 들은 프랭크는 닥터 P의 피드백을 몇 달 동안 기다렸으나 그로부터 더 이상 응답은 없었고 몇 달 후 닥터 P가 백신안전성평가위원장 자리를 사직했다는 언론 보도를 보았다.

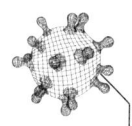

제19장

WHO의 코로나19 팬데믹 종료 선언

누가 울고, 누가 웃었는가?

WHO는 2020년 3월에 시작된 코로나19 팬데믹 비상사태를 3년 3개월 만인 2023년 5월에 해제했다. 코로나19 팬데믹은 어떻게 앤데믹으로 끝이 났을까? 시민의 일상생활에 대한 정부의 강력한 통제와 제약사들이 개발한 백신 접종 덕분인가?

코로나19 바이러스는 등장 후 수개월간 강력한 감염을 일으켰다. 그러나 이 신종 바이러스는 시간이 흐르면서 변형을 거듭했다. 예를 들면 코로나19 알파, 베타, 감마, 델타, 오미크론Alpha, Beta, Gamma, Delta, Omicron 등 여러 종류의 변형된 바이러스가 계속 나타났던 것이다. 이렇게 변형된 바이러스들은 원래의 바이러스가 가졌던 특성을 상실하여 그들 최초의 감염력은 서서히 힘을 잃어가는 것 같았다.

신종 바이러스는 숙주세포를 침투 후 그 안에서 번식을 하고 탈출을 하는 동안 숙주의 여러 회로로부터 간섭을 받게 되고 또 숙주의 면역세포로부터 공격을 받는다. 그러면서 바이러스는 생존을 위해 본래 가지고 있던 자체의 유전인자에 변형을 일으키며 주변 환경에 적응하면서 원래의 기능에 변화가 생기게 되는 것이 자연의 이치다.

신종 바이러스에 대응을 위해 제약사들은 백신을 급히 만들었으나 그 백신들은 처음부터 효능과 안전성에 문제를 안고 시장에 출시가 되었던 것이다. 최초의 신종바이러스에도 그 효능에 문제가 있었던 백신은 변종 바이러스들에게 그 효능을 기대하기는 더 어려울 것이다. 그럼에도 불구하고 제약사들은 변형된 바이러스를 대상으로 적절하지 않은 오리지널 백신을 계속 맞으라고 마케팅을 해대었다. 심지어는 임산부와 선천면역력이 강한 청소년과 어린아이들에게까지 백신 접종을 광고했던 무지한 정부 관리 및 의료인들은 제약사들의 백신 수익 증대에 큰 도움을 주었다.

결과적으로 보면 전 세계에 공포감을 조성하고 전 세계인들의 일상생활을 통제하면서 독감 수준의 낮은 치사율을 가진 코로나19 바이러스에 검증되지 않은 문제가 많은 불량 백신 접종으로 대응을 3년 3개월 이상 지속했던 웃지 못할 사건이 이 지구에 사는 사람들에게 일어났던 것이다.

과거 70년간 제약사의 평균 수익률 (포춘 500 기업 대비)과 2021/2022 화이자 Covid-19 백신 매출액

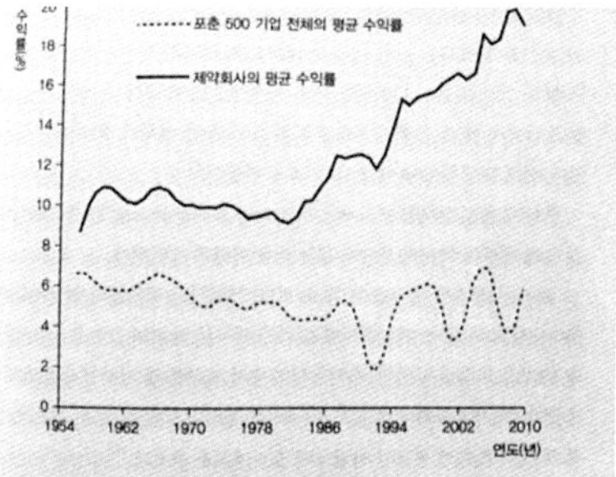

그림 5.1 포춘 500(Fortune 500, 미국 경제 전문지인 《포춘》이 매년 발표하는 매출액 기준 미국 최대 기업 500개 옮긴이) 기업(제약회사 포함)의 평균 수익률(퍼센트)과 제약회사만의 평균 수익률 비교

화이자 코로나19 백신 매출 전망치:

- 2021년 360억 달러 (약 42조4000억원),
- 2022년 290억 달러 (약 34조1000억원).

출처: 로이터통신

이러한 공포스럽고 또 고통스러운 팬데믹 상황에서 누가 울고 누가 웃었는가? 고통을 받고 울은 자들은 과학에 무지한 국민들이며, 정부 시책에 따라 24시간 일을 했던 무 개념의 의료 관련 종사자들이고, 백신 접종 부작용으로 심각한 후유증을 겪거나 사망한 자들이고, 웃은 자들은 급조한 백신 판매로 엄청난 부를 획득한 제약사들, 백신 접종을 적극적으로 홍보하여 경제적 이익을 본 수많은 광고 회사 및 언론사들이고 그 백신을 적극적으로 수입을 하여 판매를 도와 이익을 챙긴 각 나라의 관련 회사 및 정부 기관일 것이다.

통제당하고 이용당하는 순진한 시민들

WHO가 2023년 5월에 팬데믹 상황 종료를 선언하면서 순식간에 코로나19 바이러스 감염에 대한 공포가 사라졌다. 신기하게도 사람들은 며칠 전까지 계속되었던 지난 3년 3개월 동안의 공포스럽고 불편했던 일들을 쉽게 망각하고 일상으로 돌아와서 예전에 누렸던 생활을 시작한다. 그들은 지난 3년 3개월간 무슨 일이 어떻게 일어났고 팬데믹 사태로 인해 사람들이 어떤 피해를 입었는지 그리고 이를 이용하여 누가 어떤 이득을 불합리하게 가져갔는지 아무 관심도 없고 아무 일도 없었었던 것처럼 새로운 내일을 맞으며 살아간다.

2019년 12월에 시작된 코로나19 바이러스 전파와 함께 각 정부들은 코로나19 팬데믹으로 인한 정치적인 재앙을 피하기 위해 고심을 했다. WHO의 가이드라인에 따라 국민의 일상생활을 통제하는 한편 경제 활동의 위축과 사람들에 대한 통제가 정치적인 위기로 가는 것을 막기 위해 대부분의 정부들은 국민들에게 막대한 돈을 뿌려대었다. 팬데믹 기간 중 통제된 일상생활의 불편함 속에도 많은 국민들은 정부가 주는 공짜 돈을 받고 즐거워했다. 그러나 팬데믹 종료 후에는 정부가 뿌려댄 엄청난 돈으로 인한 거품으로 경제가 높은 인플레이션으로 치솟아 국민들은 고물가의 어려움과 고통을 되돌려 받고 있다.

인류의 건강을 위해 많은 의료 관련 연구기관과 세계 정부 및 기구들은 다양한 질병들에 대한 역학조사를 하고 질병 예방을 위해 일을 한다. 그러면서 그들은 제약기업, 대학교 및 병원들과 협력을 하며 과학과 의료기술 발전에 기여도 한다. 이러한 의료 시스템은 꼭 필요한 선이지만 선한 의료 시스템을 교묘하게 상업적인 목적으로 이용하는 일이 흔히 발생한다. 거대한 자본력을 가진 상업집단 기업들은 연구 및 의료활동 관련 기관 및 기구들에게 연구비 등을 지원하는 하는데 지원하는 만큼 그들에게 영향력을 가지게 됨은 당연한 이치다.

즉 상업집단 기업들은 의료 기관들에 대한 영향력을 이용해서 정부 정책을 유도하기도 하고 의료 기관들을 통한 간접 광고 마케팅을 하여 판매하는 약이나 의료서비스를 통해 큰 이익을 창출하는 것이다. 평범한 시민들이 변하지 않는 옛날 교과서의 정체된 과거의 지식에 묻혀 살 때 상업집단 기업들은 현대의 새로운 지식을 활용하여 대중을 끌고 가며 그들의 이익을 위해 순진한 대중을 이용을 한다.

SNS의 정보와 데이터

SNS(소셜 네트워크 서비스)는 온라인에서 사람들과 연결하고 정보를 공유할 수 있는 플랫폼이다. 팬데믹 초기에 프랭크는 SNS 온라인에서 코로나19 백신 관련 검열되지 않은 데이터를 자유롭게 접근하고 볼 수 있었다. 팬데믹 초기에는 많은 국가들의 자료들은 코로나19백신 접종 후 예상치 못했던 사람들의 감염 및 사망률이 더 증가하고 많은 심각한 부작용 사례들이 발생했다는 믿기 어려운 데이터나 정보를 가감 없이 드러냈다. 이 초기에 공개된 데이터에서 백신의 복잡성을 더 투명하게 엿볼 수 있었을지도 모른다.

그러나 알 수는 없지만 누군가에 의해 암암리 시작된 SNS에서 코로나19 백신의 불리한 자료에 대한 검열 및 접근 통제가 시작되었다. 몇몇 양심적인 목소리는 SNS에서 그 백신 안전성과 효과에 대한 우려를 제기했지만, 그들의 우려하는 목소리는 압도적으로 백신을 옹호하는 많은 메시지에 의해 묻혀 버렸다.

이러한 SNS의 경향에서 프랭크가 백신 부작용에 대한 최근의 데이터를 찾으려 했을 때, 그가 원하는 정보는 점점 더 찾기 어려워졌다. 대신 SNS에서는 백신을 지지하는 기사 및 연구물들이 넘쳐나며 백신 부작용에 대한 정보를 압도한다.

백신을 옹호하는 SNS 내러티브의 홍수는 대중의 백신에 대한 긍정적인 인식을 형성하며 나아가 백신의 완벽함에 대한 믿음을 가지게 한다. 백신의 부작용에 대한 비판적 목소리가 계속해서 일축된다면 대중은 향후 또 다른 바이러스로 인한 팬데믹 위기가 발생할 경우 또다시 같은 함정에 빠질 수 있을 것이다.

일반 대중은 mRNA/LNP 백신에 대해 많은 것을 알지 못한다. 그러나 확실한 건 mRNA/LNP 백신이 우리 몸에 있지 말아야 할 단백질을 만들어 낸다는 것이며 그중에는 우리가 모르는 심각한 독성 효과가 있을 수 있고 엉뚱한 면역 반응을 일으켜 부작용을 초래할 수 있다.

우리가 알 수 없는 어떤 조직은 급조된 백신을 전 세계인들에 임상시험을 해보았고 또 코로나19 팬데믹 상황을 통해 전체 인류를 세계적으로 통제할 수 있는 방법을 테스트해 보았다. 그들은 앞으로 좀 더 세련된 방법과 수단을 강구하여 전 세계인들을 손쉽게 통제할 수 있는 길을 모색하고 있을지도 모른다.

에필로그

수잔의 회상과 정리

"필드 트랙을 열심히 달려야 하는 경주 말들은 옆은 가리고 앞만 볼 수 있는 안대를 착용하고 거침없이 앞으로 질주하는 훈련을 받고 살아갑니다. 그 경주 말들이 늙어 은퇴를 하면 과거에는 곧 폐사 단계로 들어갔으나 근래에는 은퇴 말들을 정상 생활로 돌아오게 하는 훈련을 거쳐 초원에서 제법 평안한 노후를 살게 해 줍니다. 그런데 항상 경쟁 속에 앞을 보고 남보다 더 빨리 달려가야만 했던 경주 말들이 보통의 정상적인 말로 돌아오는 과정은 어렵고 많은 훈련이 필요하지요. 앞만 볼 수 있었던 안대를 제거하고 난 후 주위를 돌아 보게 된 그 말들은 농장에서 천천히 걸으며 풀을 뜯어 먹고 사는 다른 말들과 함께 어울려 사는 새로운 삶에 적응이 그렇게 간단하고 쉽지 않습니다. 앞만 보던 질주 본능의 경주 말들은 보행 시 앞에 작은 장애물이라도 나타나면 겁을 먹고 뒷걸음치기도 하고 옆에서 나오는 작은 동물에도 깜짝 놀라 점프를 하기도 하지요.

필드에서 앞만 보고 더 빨리 달려야 하는 경주 말처럼 인간들의 조직은 매년 새로운 목표를 설정하고 그 목표를 달성하기 위해 부지런히 달려가야 하는 경쟁 구조 속에서 인간들은 경주 말처럼 앞만 보고 남보다 더 빨리 달려갑니다. 앞만 보고 더 높은 목표를 향해 뛰어가는 인구집단의 생산성은 참 높습니다. 그렇지만 그 높은 생산성은 당해 연도의 목표였고 그들은 더 높은 내년의 목표를 만들고 또 그 목표를 뛰어넘습니다. 그렇게 높은 목표를 성취하기 위해서는 거대한 자본과 자원을 동원하여 그들은 그 자원을 365일 24시간 돌립니다. 이러한 자원의 운영체제에서 나오는 엄청난 양의 부산물이나 쓰레기들은 결국 공해가 되어 인간들에게 부메랑으로 돌아오고 멍들어가는 지구는 인간을 품을 수 없는 한계점으로 치닫는 것이지요. 이는 하나의 암세포가 분열과 쾌속 성장을 거듭한 끝에 결국에는 정상적인 전체의 몸을 망가뜨리고 결국 자신도 파멸에 이르게 하는 이치와 같은 것입니다.

365일 24시간 달리고 돌리는 시스템에 브레이크를 걸어야 하는 시점은 이미 지났는지도 모릅니다. 앞만 보고 달리는 경주 말들처럼 태양을 도는 지구의 6대주 5대양 전 지역에서 대부분의 국가는 양적 성장을 위한 경제 시스템을 경쟁적으로 가동하고 있습니다. 어마어마한 자원 소모와 함께 팽창만을 지향하는 그 시스템 안에서 82억의 인간들이 제각각 365일 24시간 달리고 또 달립니다. 그린피스를 비롯한 수많은 NGO의 환경보호운동 그리고 종교 지도자들의 인간의 절제된 삶과 나눔에 대한 호소와 교육은 구호에 그치고 82억의 인구는 끊임없이 각자의 갈 길을 향해 동분서주를 하고 있습니다. 그리하여 82억 인구가 만들고 있는 부산물과 쓰레기로 인해 지구 생태계가 이미 위험한 징후가 보이기 시작한 현시점을 넘어 100억의 인구가 예상되는 2050년쯤에는 지구는 물리적 한계점으로 도달하여 예측할 수 없는 재앙 발생에 대한 염려가 매우 큰 것입니다.

적어도 지난 250년간 지구 환경과 생태계를 남용해 왔던 양적 성장의 문제에 대한 평가와 답은 이미 나왔다고 봅니다. 이제는 양적 성장의 문제점을 해결하기 위해 질적 성장의 방법을 절실하게 전 세계인들이 같이 고민을 해야 할 것입니다. 왜냐하면 끊임없는 질주는 언젠가는 꺼꾸러지게 될 것이고 쉼 없는 지속적인 팽창은 물리적인 한계점에 이를 것이기 때문입니다. 그때는 어느 아무것도 지구의 인류를 도울 수가 없을 것이지요.

이러한 지구와 인류를 위해 시작한 GERHQ의 단기 5년 과제, 코로나19 팬데믹을 통해 우리는 가능성을 보았습니다. 그동안의 데이터를 볼 때 mRNA/LNP 백신 물질 접종을 통해 우리가 기획한 목표를 어느 정도는 달성했다고 봅니다. 백신 접종과 비례하여 감염률 증가가 관찰되었고, 감염과 백신 접종으로 인한 사망이 노약한 노인들에게 집중되었고, 백신 접종 후 발생한 총사망률은 백신 접종 전의 것에 비해 증가했습니다. 그리고 생리불순을 비롯한 부작용의 76%가 여성에게 발생했고, 임산부들의 태아 유산 및 사산 등 부작용을 보았습니다. 헝가리를 비롯한 몇 개의 나라에서는 출산율이 20%까지 감소했다는 보고가 있습니다. 이러한 데이터는 인구 감소를 위한 과제의 목표에 어느 정도 부합하는 것을 증명합니다.

지금은 아직 알 수는 없지만 RNA역전사로 인한 인간의 DNA 변형의 결과는 시간이 흐르면서 나타날 것으로 보입니다. 지속적으로 백신 접종 전과 후의 인구변화 데이터와 백신 접종 후유증 데이터를 비교 분석하면서 다음 과제를 기획해야 할 것입니다.

그리고 여러 과학자들이 mRNA/LNP 백신에 대한 부정적인 문제점을 분석하여 공론화를 하고 있다는 보고가 있는데, GERHQ 다음 과제의 순조로운 진행을 위해서 mRNA/LNP 백신의 부작용에 대한 결점을 밝히려는 시도는 음모로 치부하도록 언론 및 SNS에 협조를 요청하고, 인터넷에 올라온 백신에 부정적인 이야기와 데이터는 많은 학술지를 통해 반박하는 논문들로 가득 채워 그 시도를 묻어버리도록 해야 합니다. 그리하여 AI에 실리는 정보는 백신을 옹호하는 논문이나 기사들로 채워서 AI는 대중들의 머리에 백신이 인간을 질병으로부터 구해줄 수 있는 완벽한 것으로 각인시켜야 할 것입니다. 앞으로는 이런 식으로 AI를 잘 관리하는 자가 미래의 게임에서 승리할 것입니다.

인구 감소를 위한 프로젝트 코로나19 팬데믹이 절정에 달하던 동안 GERHQ는 글로벌 통제를 위한 미래 전략을 테스트하며 다음을 위해 데이터를 구축했습니다. 미래는 훨씬 더 정교한 생물학적 방법을 요구할 것입니다. 독감, 대상포진, RSV, 심지어 암에 대한 전통적 백신조차도 곧 mRNA 기술로 대체될 수 있습니다. 세포수준에서 게놈과 DNA를 수정할 수 있는 도구로 말입니다."

글로벌 통제를 위한 미래 전략을 테스트하며 수잔은 입법이 통제 기능의 핵심이 될 것이라는 것을 이해했다. WHO 지역 사무소를 각 나라의 팬데믹 통제 중심지로 사용하는 제도를 수립하면 미래에는 팬데믹 동안 더 효율적이고 원활한 통제를 가능하게 할 것이다.

수잔은 GERHQ 인구 감소 과제를 분명하고 흔들리지 않는 의지로 실행했다. 그녀는 위험을 저울질하면서도 지구 행성의 미래가 위험에 처해 있다는 신념으로 이를 수행했다. 이 길이 인류를 위한 구원으로 이어질지 아니면 예상치 못한 결과로 이어질지는 여전히 알 수 없지만 수잔에게는 되돌아갈 여지가 없다. 그녀는 스스로 필요한 일을 해냈다고 생각한다. 지구 행성을 위해 그리고 인류를 위해.

감사의 글

전 세계 사람들을 대상으로 투여한 코로나19 백신은 무슨 이유인지 백신을 여러 차례 접종함에도 불구하고 오랫동안 신종 바이러스 감염과 전파는 통제되지 않았습니다. 오히려 백신 접종을 받은 사람들에게 그 바이러스의 감염은 더 증가 하며 백신 접종 이전에 비해 접종 후 전체 사망자 수가 크게 증가했습니다. 그리고 백신 접종을 받은 많은 사람들은 다양한 부작용 발생으로 고통을 받았고, 심지어는 백신 접종으로 인한 많은 사망자가 발생했지요. 코로나19 팬데믹 초기에 이러한 이상한 현상을 목도하여 30년간 글로벌 바이오 제약 산업에서 일을 하고 경험한 본 저자는 본능적으로 무엇인가 잘못 흘러가고 있음을 느끼고 그 현상을 파악하기 위해 여러 곳으로부터 관련 정보와 데이터를 수집했습니다.

본 저자가 여러 인터넷 사이트에서 얻은 코로나19 관련 정보와 데이터 그리고 인용한 많은 생명과학자들이 발표한 귀중한 백신 관련 연구 논문들은 이 책을 구성하는 근본이 되었습니다. 그들의 헌신적인 노력으로 발표한 이러한 연구 논문 데이터와 저자와 같이 코로나19 백신의 효능과 안전에 대한 의문을 가진 여러분들의 솔직한 의견 및 정보들은 거름이 되어 이 책의 여러 장 속에 녹아 들어갔습니다. 이러한 많은 귀중한 데이터와 정보를 올려주신 전 세계의 많은 과학자들께 감사를 표합니다.

끝으로 저의 어머니 P. B. Choi 님과 돌아가신 저의 아버지 고 H. D. Lee 님께 깊은 사랑과 감사를 올립니다.